明日の君から、僕だけの記憶が消えても

六畳のえる

JN167686

スターツ出版株式会社

僕のことを忘れてくれた君へ

僕の人生の中に、ある日君が突然現れて、そこからはあっという間だった
君の秘密を知って、一緒に出かけたりするようになって、
いつの間にか、僕の記憶は君で溢れていったんだ

歩きながら交わした話、一緒に食べたもの、二人で行ったところ
君が覚えきれないことは全部、僕が覚えておくよ
いつでも記憶から取り出して、君に教えてあげる

そうやって、君と楽しかったことを分かち合えるなら、僕は大丈夫
思い出を胸に、生きていける

そう、たとえ、明日の君から、僕だけの記憶が消えても——

目次

明日の君から、僕だけの記憶が消えても

プロローグ

「ああっ、もう最悪！」

満開は過ぎたものの、風に花吹雪《ふぶき》を散らしながら咲き誇る桜の木の下で、私は半ば泣きそうになりながら、花ではなく地面を見ていた。

せっかくの高校の入学式なのに、何をやってるんだろう。

「ないなあ……」

目を皿のようにして探しても、それらしきものは見つからなかった。


式典と担任によるオリエンテーション、クラスメイトの自己紹介は午前で終わり、ノリの良い男子が早速「花見しようぜ！」と呼びかけたことで、クラスメイトほぼ全員で校庭の桜を見に行った。

私もみんなと楽しんだけど、そこでお気に入りのハンカチを落としたと気付いたのは解散した後だった。十彩《とあ》ちゃんは予定があったらしく花見の前に帰ってしまったので、こうして一人で戻って探す羽目になっている。

「ダメかなあ」

何本もある桜の木、その下をゆっくり歩いていくけど、こうして二十分も経つと弱音が出てしまう。あんなに軽そうなぺらぺらな布、風で飛ばされてもおかしくない。そうしたら校庭全体を探さないといけないわけで、到底見つかりそうになかった。

あのハンカチは、中学一年のときにモールで一目惚れして、初めて自分で買ったハンカチだった。大好きで、自分でアイロンをかけたりもしているお気に入りだった。同じ物はもう、見つけられないかもしれない。

半泣きだったのが、我慢できずに本当に涙が零《こぼ》れそうになった、その時だった。

「どうしたの？」

知らない男子が声をかけてきてくれた。今日は二、三年生は休みのはずだから、おそらく一年生だろう。おでこが見える黒髪に、黒色のはっきりした瞳が印象的な人だった。

「反対側の桜見ながら歩いてたんだけど、ずっと下見ながらあちこち回ってる人がいたから、落とし物でもしたのかなって」

「あ……実は、ハンカチ落としちゃって……」

「えっ、大変だ。僕も一緒に探すよ」

そう言ってすぐに探そうとする彼を、私は慌てて止める。

「あの、そんな気にしないで大丈夫だから！」

「ううん、僕特に予定もないしさ、そっちこそ気にしないで。何色のハンカチ？」

「えっと、水色で、縁《ふち》が濃い青になってるの。さっきまでこの辺りにいたから、ここで落としたんだと思うんだけど……」

「分かった。風で飛ばされたかもしれないから、分担して探そう」

そう言って彼は私から離れたところまで下を見ながら歩きはじめる。ここまで来て断るのも失礼な気がしたし、実際困っていたので、彼に頼ることにした。

「ううん、こっちにはないなあ」

「私、向こうも見てくる！」

二人で分担しながら、木の裏側から運動部が使うであろうエリアまで見て回る。また十分、二十分と時間が経っていく中で、彼に悪いと思いながらも、見ず知らずの私にここまで親切にしてくれることへの嬉しさの方が上回っていった。

そして、一緒に探し始めてから三十分後。

「あ、あった！　あったよ！」

さっきのクラスのお花見では全く見に行かなかった遠くの桜の木の下から、彼が駆け足で戻ってきた。

「これじゃない？」

「あっ、これ！　このハンカチ！」

「良かった」

少し土埃《つちぼこり》がついたその水色のハンカチを、彼がそっと渡してくれる。

「やっぱり風で飛ばされてたね」

「ホントにありがとう！　ごめんなさい、たくさん時間使わせちゃって」

「ううん。なんか、すごく必死に探してるみたいだったから、大事なものなんだろうなって思って。だから見つかって良かった」

じゃあまたね、と言ってすぐに彼は正門の方へ歩いていった。

ハンカチを叩いて汚れを落とし、抱きしめるように胸元へ寄せる。見つけてもらえて、本当に嬉しい。

「あ……名前聞いてなかったや」

でも同じ学年なら、きっとどこかで会えるだろう。

あとは……

「この思い出も、時間が経てばどうせ忘れちゃうんだろうなあ」

そう呟《つぶや》いた瞬間に風が吹く。「時は無情だよ」と教えるかのように、目の前の木から桜の花びらが舞い落ちた。

第一章　覚えてないの

彼女と初めてちゃんと話したのは、記憶をなくした人の頭の中みたいな、真っ白い病院の中だった。

六月五日、水曜日。僕はこの日を忘れることはないだろう。

「あれ、平本《ひらもと》さん……？」

「わっ、えっ、谷崎《たにざき》君！」

僕、谷崎青衣《あおい》は放課後に恵比寿にある大きな病院の中で、クラスメイトの平本亜鳥《あとり》を見かけた。彼女が制服姿で、ちょうど診察室から出てくるところを。

「急に名前呼ばれたからびっくりしたよー！　でもすっごい偶然！　高校からそんな近いわけでもないのに、こんなことあるんだね！」

病院という場所に似つかわしくないくらい、平本さんはハイテンションなリアクションを見せる。

茶色っぽくもある黒髪のショートカットが、首の上半分を少し隠している。梳《す》いた前髪の間からおでこが覗《のぞ》き、目元もぱっちりしていて、明るい顔立ちだ。

その印象の通り、彼女はクラスでも快活な天然キャラで、僕と違って人気者。二年生のクラス替えで初めて一緒のクラスになったけど、これまで挨拶《あいさつ》くらいしかしたことがない。

「谷崎君は、その、ここで何してたの？」

「僕はコンタクトの定期健診で眼科に来たんだ。初めてコンタクト作ったときにここに来たから、それ以来お世話になっててさ。どこの眼科でもいいんだけど、対応がすごく良くて」

「あっ、そうなんだ！　ここのスタッフの人、みんな親切だよね！」

心なしか、彼女は早口で捲《まく》し立てるように僕の話に相槌《あいづち》を打った。まるで話を終わらせたがっているように。

「平本さんは……」

「あー、私？　私かあ」

苦笑いする彼女を見て、今の早口は、話の矛先《ほこさき》を自分に向かせたくないからだったのかもしれない、と気付いた。彼女が出てきたのは、脳神経内科だったから。

「んっとね……」

平本さんは目を泳がせながら、言葉を捻《ひね》り出すように悩んでいた。

かかっている科が科だけに、明るい話ではない可能性もある。どうごまかすか、考えているのかもしれない。

僕は、軽く咳払《せきばら》いをしてから平本さんに「あの」と呼びかけた。

「無理に話さないで大丈夫だかね」

「え？」

「別に、好奇心で聞きたかったわけじゃないんだ。平本さんが話したくないことなら、そのままで大丈夫だよ。クラスのみんなにも言わないし」

誰だって、言いたくない秘密があるだろう。

「じゃあまたね。お大事に」

そう挨拶して帰ろうとした僕の腕を、平本さんは突然グッと掴《つか》んだ。驚いて振り返ると、彼女はニッと口角を上げて、笑みを浮かべている。

「うん、谷崎君には言っても良い気がする！」

「……そうなの？」

「詮索《せんさく》しない人になら、話しても大丈夫かな、と思って。それにね、私、谷崎君とちゃんと話してみたいと思ってたんだ」

「え、なんで？」

「それはまあ……なんとなくなんだけど……」

要領を得ない返事だったけど、話したいと思ってくれていたなら悪い気はしない。

「あと、誰かに話すことでスッキリすることもあるでしょ？」

「確かに、あるかもしれないね」

「そうそう。だから、結構重い話だけど聞いていって！　忘れてくれていいからさ！」

急な提案に驚いたものの、それで彼女の心のもやもやが晴れるなら聞いてあげたい。

僕が「うん、大丈夫だよ」と頷《うなず》くと、近くにあった椅子《いす》に腰かけ、「ここ、どうぞ」と隣の座面をポンポンと叩く。

もう一度座り直すと、彼女はおもむろに話し始めた。

「私さ、クラスでよく物忘れしてるでしょ？」

「うん、確かにしてるね」

持ち物を忘れるとかは少ないけど、「あれ、そんなこと言ってたっけ？」「そんなところ遊びに行った？」という感じで、思い出がポカンと抜け落ちていることがあって、二年七組のクラスでもよくイジられていた。

彼女は、大きな黒い瞳に僕を映しながら、ゆっくりと深呼吸して続きを口にする。

「あれね……本当に忘れちゃってるの」

「え……」

「私、脳の病気で、覚えてられないんだ」

その告白に、言葉を失う。もちろん、脳神経内科にかかっているから何か深刻な状況なのかもしれない、と考えてはいたものの、まさか記憶に関わる病気だとは思わなかった。

「それって……記憶全部なくなっちゃうってこと？」

「あ、ううん！　全部じゃなくて……ファンタジーみたいな話に聞こえるかもしれないけど、楽しい思い出だけ、忘れていっちゃうんだよね」

「楽しい思い出だけ……？」

「そう。まあ正しく言えば、嬉しい思い出も、かな」

僕の表情の変化を、彼女は見逃さなかった。

「ふふっ、今、『そんなことあるの？』って顔したでしょ？」

「あ、いや」

「ううん、それが普通の反応だよ。私だってお医者さんだって、未だに作り話みたいだよね、って話してるもん」

彼女は冗談っぽく笑った後、真正面の壁の掛け時計をちらりと見た。

「谷崎君、今日ってまだ時間ある？」

「うん、大丈夫だけど」

「そっか。じゃあせっかくだから、ちゃんと知ってもらおうかな」

そう言って彼女はバッグから小さいリングノートとシャーペンを取り出す。

夕日に照らされたネイビーのスクールバッグは、教室でよく見ているものだ。学校から電車で二十分もかかるこんな場所にクラスの子と一緒にいるという奇跡みたいな偶然に、僕は改めて驚いた。

「脳の中って、大体こんな風になってるんだって。感情を司《つかさど》ってるのが大脳辺縁系《だいのうへんえんけい》の中の扁桃体《へんとうたい》ってやつね。で、記憶を司ってるのが大脳皮質《だいのうひしつ》なの」

彼女は、大きな丸を描き、「大脳皮質」と書き殴る。その内側にもう一つ、小さくて歪《いびつ》な丸を描いて、「大脳辺縁系」と書いた。

「どう、この絵、脳っぽくない？」

「いや、あんまり……」

「えーっ！　いつもお医者さんが見せてくれるのと似てるはずなんだけどなあ」

丸を二つだけ描いた、およそ人の頭の形に寄せる気がない絵に、笑いそうになってしまう。

「それで……平本さんはどこが悪いの？」

「ああ、うん。この大脳辺縁系の中には海馬《かいば》っていうのがあってね」

「海馬って聞いたことある気がする。記憶に関係してるよね？」

「そうそう。海馬で覚えたことがこうやって大脳皮質に蓄積されてくのね」

平本さんは「海馬」と書かれた細長い四角を描いて、そこから大脳皮質までギュッと矢印を引っ張った。

「で、ここで大事なのが、さっき話した扁桃体っていう感情を司るヤツね。これが海馬に入ってくる記憶を増幅したり弱めたりするの」

説明しながら大脳辺縁系の中に描き足された、アーモンドみたいな形のマーク。彼女はその偏桃体に大きくバツをつけた。

「私はこの偏桃体がダメっぽいんだ。特殊な働き方っていうか、楽しいとか嬉しいって感情を持ったら、海馬の記憶を弱めちゃうらしくて。だから、楽しいことを思い出としてずっと残しておけないの。誰かと一緒に何かしたとか、どこか行ったとか、そういう思い出ね。一人で何かしたことも忘れてるのかもしれないけど、自分では確かめようがないからなあ」

「普通なら、楽しかったら絶対覚えておきたいはずなのに、逆に脳の働きのせいで覚えておけない、ってこと？」

「そう！　谷崎君、理解早くてすごい！」

平本さんは胸の前で小さく拍手して、持っていたノートとペンをトンッと膝《ひざ》の上に置いた。

「日常生活に影響とかないの？」

「うん、それは大丈夫。記憶喪失とは違うから、自分が誰で、家族が誰で、クラスメイトは誰か、とか全部覚えてるし。持ち物の場所とか登下校の道が分からなくなることもないしね」

なるほど、日々の生活自体は問題なくできるってことか。

「あと、毎日の雑談とかも覚えてるよ。おしゃべりは楽しいけど、特別な思い出って感じじゃないから忘れないんだろうね」

「それなら良かった……のかな」

　返す言葉が見つからず、それだけ口にする。「良くないよ」なんて言われたらどうしようかと思ったけど、彼女は柔らかい表情で「でしょ」と同調してくれた。

「だから、欠陥はそこだけなんだあ。クラスメイトや家族と過ごして、楽しかったことや嬉しかったことを覚えておけないっていうね」

「それ、どのくらいの期間で忘れちゃうの？　延ばしたりできないの？」

「何日間とか、そんな厳密なものじゃないみたいだけど、お医者さんの診断だと二ヶ月くらいだって。まあでも、本当はずっと覚えておきたいものだから、期間が延びても仕方ないんだけどね」

「そっか、そうだね……」

　覚えておきたいものを、忘れてしまう。僕がいつまでも記憶に残っていることが、消えていく。その苦しさに期間の長短なんて関係ないはずなのに、考えなしに酷な質問をしてしまったと、心の中で後悔した。

「相手との関係は覚えてるの？」

「うん、大丈夫。この人と自分は友達なんだ、みたいなことは忘れないんだ」

　心から何かが零れるのを防ぐかのように、彼女は胸に手を当てた。

「例えばさ、一年生の夏休みの初日に、友達と映画を観に行ったらしいの。でも、夏休み明けて九月末になったら忘れちゃってて、私だけ話題に付いていけなくてさ……。まあ、得意のノリでごまかしたけどね！」

彼女は笑っていたけど、思い出を忘れるというのは、友人関係においては結構大変なことだと思う。ケンカの原因にもなるようなことだから、彼女が愛嬌《あいきょう》でうまくやり過ごしているのだろう。

「あっ、ちなみにね、生まれてからずっとこうだったわけじゃないんだよ。中学二年のときに何日も高熱出して、そのときに発症したから、それまでの記憶はちゃんと覚えてるんだ」

「そうなんだ。じゃあ中学のときの友達はみんな病気のこと知ってるの？」

「ううん、やっぱり言うの怖くてさ。今高校でやってるみたいに、内緒のまま乗り切ったんだ。あ、でも十彩ちゃんは知ってるよ！」

「十彩ちゃん、って杉畑《すぎはた》さん？」

同じクラスの杉畑さん。背中の方まであるロングヘアが印象的な女子だ。

「そうそう、家が近くて幼稚園からの付き合いだから、病気になる前から仲良しなんだよね。この病気になったこと、十彩ちゃんにだけは中三のときに打ち明けたの。そしたら、初めのうちはやっぱり動揺してたけど、『それでも亜鳥と一緒にいるのが楽しいから』って言ってくれていて、友達のままなんだ」

「そっか。杉畑さん、優しいね」

「でしょ？　今は私のことすっごく気遣ってくれるの。たまに、友達っていうより保護者みたいになってるときもあるけどね」

自分で言いながら、彼女はプッと噴き出す。杉畑さんは割とクールだけど面倒見が良い印象なので、明るい平本さんの保護者というイメージがぴったりだった。

「………………」

励ませばいいのか、なんでもないような素振りを見せればいいのか、正解が分からず唇を掻《か》いていると、不意に彼女が「でもさ！」と僕に向かって小さく叫んだ。

「誰かと一緒に遊んでるその瞬間は、ちゃんと楽しいって感じてるんだ。だから私、学校生活もできるだけ楽しむつもりだよ。この病気のせいで、全部を諦《あきら》める気はないの！」

宣言と同時に彼女は清々《すがすが》しい表情を見せる。その言動に、僕は驚いてしまう。

僕自身も中学のときに入院したことがあったけど、少しの間病室に閉じ込められただけで、いつ元に戻れるんだろうと、まるでサングラスでも掛けたかのように世界が暗く見えてしまった。

今の平本さんのように、まっすぐ前向きに生きることは頑張れなかったなあ、と思い返す。彼女は現在進行形で病気に悩まされているのに、学校でも今も、ずっと明るいままだ。

「平本さん、強いんだね」

「私？　そうかなあ。ふふっ、でもそう言ってもらえると元気になる！」

冗談めかしてピースをする。体と一緒に前髪も揺れて、形の整った眉が覗いた。

そして彼女はノートをバッグにしまい、真顔に戻って、ふうと一息つきながらまっすぐに前を見る。

「……あのさ、ごめんね、急に色々話しちゃって。びっくりしたでしょ」

彼女は僕の反応を待っているように黙っている。患者を呼び出すアナウンスが響く中、この空間だけが静寂に包まれていた。

彼女が正直に話してくれたから、正直に返そう。僕は拳《こぶし》をぎゅっと握る。

「うん、びっくりしたよ。でも実は、ちょっとだけ安心もした」

「安心？」

「もしかしたら、命に関わる病気かなって思ったんだ。あ、でもあの、別にその、それよりマシじゃんってことじゃなくて、記憶だってすごく大変だと思うんだけど……」

途中、誤解されないようにしどろもどろになってしまった僕に、平本さんは「大丈夫だよ」と言うかのように首を振った。

「やっぱり、谷崎君に話して良かったな」

「そう？　それならいいんだけど……」

連絡きてるかな、と平本さんはスマホを確認する。まつげの長い、色白な横顔はハッとするほど綺麗《きれい》で、クラスの男子が付き合いたいと騒いでいたのを思い出した。

「じゃあ私、そろそろ帰るね。お母さんと待ち合わせしてるんだ」

「うん、それじゃあ」

「またね！　明日学校で！」

去り際、彼女は振り返って目一杯手を振ってくれた。今日初めて、彼女の心からの笑顔を見た気がする。

「記憶、か……」

僕は、自分とは違う考え方、生き方をしている彼女に興味を持った。


「平本さん、昨日の『アイドルジャム』見た？」

「見た見た！　夢橋《ゆめはし》さん、可愛いしすっごくダンスうまいよね！」

「ねえ亜鳥、この前買ったこのヘアゴム、良くない？」

「いいじゃん！　前のハートのも好きだったけど、ネコも良いね！」

大粒の雨が窓を叩く音がＢＧＭになっている、翌日の学校の昼休み。今日はつい平本さんを視線で追ってしまう。相変わらず明るい人気者で、男女問わずみんなが彼女に話しかける。たまにクラスメイトと話すだけの自分とは大違いだった。テンション高く受け応えする彼女を見ていると、とても大変な病気を抱えているようには見えなくて、昨日の病院の一件は自分の夢のような気さえしてくる。

お弁当を食べ終わった彼女に、橘《たちばな》さんが話しかけた。

「そういえば亜鳥さ、去年の文化祭で一緒に二年生の執事喫茶行ったでしょ？　そこで接客してくれた三島《みしま》先輩とたまに遊んでたんだけど、一昨日《おととい》から付き合うことになったの！」

「えーっ、すごい！　おめでとう！　どうやって連絡先交換したの？」

その質問に、橘さんは苦笑いして彼女の肩を叩いた。

「いやいや、忘れちゃったの？」

平本さんは「しまった」とばかりに目を見開く。その直後、彼女の後ろにいたロングヘアの女子が会話に混ざった。彼女の親友の杉畑さんだ。

「ほら、亜鳥教えてくれたじゃん。その場で橘さんから先輩にお願いして交換してたって」

それを聞いた平本さんは、すぐに表情を崩し、「そうだった！　十彩ちゃんに教えたね」と手をパチンと鳴らす。

「ごめん、ど忘れしてた！」

「んもう、亜鳥はホントに天然だよねー！」

「いやいや、毎日必死に生きてるから、どんどん新しい情報が積まれていって上書きされるわけ！」

聞いていたみんながどっと笑う。それを見ながら、僕は一人、ホッと胸を撫《な》で下ろした。

去年の文化祭、その中の楽しかったことを、彼女は覚えていないはず。そしてなんとなく話を合わせようとして、失敗した。杉畑さんの助け舟もあってうまくごまかしたけど、いつもこうしていたのだろうか。天然キャラ、という設定で。

そして、杉畑さんもさっきのように折に触れてフォローしていたのだろう。思い返してみれば、杉畑さんが平本さんの隣で話題に混ざってるのを何回か見かけたような気がする。

「はー、面白かった！　ちょっと外出てくる！」

みんなにそう言い残して、平本さんは廊下に向かう。ちょうど僕も教室から出ようと思っていたので、鉢合わせする形になった。

「ねえねえ、谷崎君」

「え、僕？」

不意に名前を呼ばれて思わず訊き返す。まさか学校で話しかけられるなんて思わなかった。

彼女は耳打ちをするように僕に顔を近づける。綺麗な顔が間近に来て、心臓がドキリと跳ねる。

「あのさ、昨日ちょっと触れたかもしれないけど、記憶のことは内緒ね？　みんなに変に気を遣われるの、イヤだからさ」

「うん、もちろん」

「ありがと、また話そうね！」

平本さんは僕を追い抜き、駆け足で外へ出ていく。秘密を共有する関係になったことに緊張したけど、同時に少し嬉しかった。


その日の放課後。特に部活にも入っていない僕は、バッグを持って教室を出ていく。毎日必ず挨拶をするような友人はいないけど、「またね」と不特定多数の誰かに言えば、誰かが「またね」と返してくれる。そういう意味で、ある程度の距離感のクラスメイトというのは孤立しないために重要な存在だ。

そういえば平本さんはなんの部活に入っているんだろう。昨日の件があったから、今日はなんだか彼女のことがすごく気になる。

「谷崎君」

「うわっ！」

昇降口で彼女の声を思い出していたところで、その声で名前を呼ばれ、思わず叫び声をあげる。彼女はクスッとしながら「驚きすぎだって」と僕の腕をポンポン叩いた。

「平本さん、どしたの？」

「あのさ、今度一緒に遊びに行かない？」

「……へ？」

間の抜けた声で返事をしてしまう。平本さん、僕と遊ぼうって話をしてる？　なんの理由があって？

「え、あの、それは、病気のことを黙っておくから口止め料的な……？」

動揺したまま捻り出した仮説に、彼女は少しぽかんとした後、手を叩いて思いっきり笑った。

「そんなわけないでしょ！　もう、谷崎君って面白いなあ」

ツボにはまったのか、目尻の涙を指で拭った彼女は靴を履きながら続けた。

「忘れちゃうって分かってて友達を遊びに誘うのって気が引けちゃうの。でも谷崎君にはちゃんと分かってもらってるし、誘いやすいなって。十彩ちゃんともたまに遊ぶんだけど、茶道部の活動もあるしね」

　私は部活入ってないからさ、と彼女は正門に向かって歩きだす。こうやってクラスメイト、しかも女子と並んでここを歩くなんて、今までしたことがなかった。

「十彩ちゃん、最近部活忙しいみたいだから、べったりしてるのも申し訳ないなって思ってたし。だから谷崎君、良かったら友達になって、一緒に遊んでほしいな。私の秘密知ってるの、十彩ちゃんと谷崎君だけだしね」

「ううん、そうなんだ。でも、急に言われても……」

　戸惑いつつ、断るかどうか迷っている僕に向かって、彼女は「それに」と続けた。

「ふふっ、谷崎君のちょっとした秘密も知ってるし」

「え、秘密？」

　彼女は、意地悪げにニヤッと笑った。

「この前、病院にいたとき、谷崎君、小児科の前通ってたよね？　その時に、幼稚園くらいの男の子に『お兄ちゃん、抱っこ！』って絡まれてたでしょ？」

「えっ、あっ、がっ」

　あまりの動揺に、変な声が出る。なんで知ってるの、という質問をする前に、彼女から回答が返ってきた。

「私も小児科の前通ったんだけど、なんか見たことあるような男子が『お兄ちゃん、遊ぼう！』って言われてるな、って思ったんだよね。そのときは分からなかったけど、あとで再会したときに気付いたんだ。さっきの谷崎君だったんだなって。『え、いや、僕ちょっと……』ってパニックになりながら結局抱っこする羽目になってたの、面白かったなあ！　クラスのみんなも知ったら笑ってくれるかなあ」

彼女は微笑みを崩さず、僕の方を見ている。そのちょっとした脅迫は、本当に脅す気はなくて、僕が誘いを受けるための口実を用意したのだと、いたずらっぽい表情でなんとなく分かった。

平本さんの病気のことをたまたま知ったから遊ぶことになった、というのは少し複雑な心境ではある。趣味や話が合う、なんていう関係の友達とは違うから。

でも、彼女は遊ぶ相手がいなくて、僕は昨日彼女に興味を持った。この二人で遊ぶのは、ちょうど良いかもしれない。それに、僕は脅されている身だから。

「ふふっ、どう？　あんな小さな子どもに声かけられて、あたふたしてる姿をバラされたら大変じゃない？」

「まあ、恥ずかしいよね。じゃあ、うん、友達ってことで。よろしくね、平本さん」

「本当？　やった、こちらこそよろしくね！　はい！」

そう言って彼女は右手の小指を出す。

「え、これ……」

「一緒に遊ぶっていう約束！」

「う、うん。じゃあ、よろしく」

僕より少しだけ小さな彼女の指に、右手の小指を絡《から》めて指切りした。

彼女は嬉しそうに微笑むと、「今日は用事あるから、また連絡するね！」と言って走って正門の方へと駆けていく。

こうして、僕と平本さんは、不思議な秘密で結ばれた友達になった。

第二章　作戦会議と名前呼び

週末を挟んだ月曜日の放課後。僕は教室棟の反対側の校舎一階にある、職員用玄関にいた。

普段は先生や保護者が使う玄関だし、職員室ともやや離れているので、生徒はほとんどここを通らない。つまり、こっそり待ち合わせしたいときにはピッタリの場所というわけだ。

「ごめんね、谷崎君！　十彩ちゃんと少し話してた！」

そこにパタパタと、平本さんが走ってくる。息切れしてるところを見ると、七組から全力で駆けてきてくれたことが窺《うかが》えて、少し嬉しかった。

「ううん、大丈夫。じゃあ、帰ろう」

「うん、帰ろ！」

今日は一緒に出掛けようと約束していた。クラスで声をかけても良かったんだけど、二人で教室を出ることで変な噂《うわさ》が立つのは平本さんも望んでいないだろうと思い、この玄関で待ち合わせることにした。

「誰かいるかな」

「大丈夫だって！　いたらいたで、たまたま職員室でばったり会って一緒にここまで来たってことにすればいいいしね」

「確かに、その言い訳良いね」

わざわざ靴を持ってきて職員用玄関から出入りするのも変なので、誰かと会わないか気にしながら、二人でおそるおそる靴箱に近づいた。

幸い、クラスメイトは誰もいなかったので、急いで履き替えて外に出る。漫画で見る泥棒みたいにコソコソしてるのが面白くて、僕も彼女も途中でクスクス笑い声を漏《も》らした。

外に出ると、雲一つない快晴。彼女は踊るようにステップを踏んで、僕の二、三歩先を歩く。

「いいねー、友達と出かけるって！」

「うん、そうだね」

友達になったこともいつか忘れてしまうのだろうか、なんて一瞬思ったけど、先週彼女から聞いたことを思い出して少し安堵《あんど》する。思い出は忘れてしまっても、「友達である」ということはちゃんと覚えてるらしいから、後ろ向きになりすぎる必要もないだろう。

「ところで平本さん、今日はどこに出かけるつもりなの？」

「ううん、今日は出かけるうちに入らないよ！　いつどこに出かけるか決めるための作戦会議って感じかな」

「えっ、作戦会議？」

てっきり電車で近場に向かうんだと思ってたから、今日は準備段階だと知ってちょっとびっくりする。

「駅前なら幾《いく》つかチェーン店があるけど……実はさ、駅と反対方向に、ＳＮＳで紹介されてて気になってたカフェがあるんだよね。行ってみてもいい？」

「うん、いいよ。僕もそこ行ってみたい」

「ありがとう！　じゃあ決まりね！」

スマホで地図を確認しながら楽しそうに先を急ぐ平本さん。その後を追うように、正門を出た。

「そういえば、杉畑さんと話してたんでしょ？　一緒に帰らないの？」

「十彩ちゃん？　今日は部活だよ！　茶道部の部長だしね」

「杉畑さん、部長なんだ、知らなかった」

二年生で部長ということは、三年生がいないか、いわゆる幽霊部員の先輩しかいないのだろう。

あんまり話したことはないけど、クールな印象の杉畑さんが静かにお茶を点《た》てるのは似合っている気がして、頭の中で「結構なお手前です」なんて言っている姿をぼんやりと想像してみる。

「暑くなってきたね。私、梅雨《つゆ》のこの時期の蒸し暑さがすっごく苦手でさ」

「分かる。じめじめしてるよね」

「しかも湿気多いから、朝に髪が爆発してることも多くてさ」

彼女は茶色に近い黒髪を、右手の人差し指にくるくると巻きつける。スッと指に絡むその髪はすごく柔らかそうで、湿気のせいでカールするのが容易に想像できた。

「あ、こっちだね」

いつも右に曲がって駅に向かう交差点を左に曲がり、奥まった道を進んでいくと、やがて玄関前に立て看板を置いている、一軒のお店が見えた。小さくてかわいい、白壁に朱色《しゅいろ》の屋根の店。

中に入ると、テーブルが四つ、全部で八席しかない。こぢんまりとしたお店だけど、ライトブラウンの壁紙も、飾ってある絵画も、流れているボサノバのBGMもオシャレで、ずっとここで読書したくなるような空間だった。

座ってすぐ、彼女は綺麗にラミネート加工された、折り畳みのメニューを開く。

「何にしようかなあ。私はブラック飲めないから……ホットのカフェラテで！　谷崎君は？」

「うん、僕もカフェラテにしようかな」

こういう店はほとんど入ったことがないので、カフェラテがどんな飲み物かもいまいち思い出せないまま、彼女と同じものを注文する。椅子の背もたれに寄りかかった平本さんはゆっくり話し始めた。

「いやあ、ほんっとに暑いね！」

「うん、もう既《すで》に暑い。今年も大変な夏になりそうだなあ」

「…………」

「…………」

ワイシャツの首元をバサバサと開け閉めして風を通しながら、彼女の天気の話題に相槌を打つ。話すことに困っているというより、何をどう切り出していいか、迷っていた。

女子と遊びの計画なんて、どうやって立てていいか分からない。次の言葉を脳内に綴《つづ》っては消して、書き直してはまた消しながら、マンションと昔ながらの個人商店が入り混じって並ぶ通りに目線を遣《や》る。太陽が「早く何か言えよ」と焦《じ》れるように、ガラス越しに僕の左手をジリジリと焼いていた。

飲み物が運ばれてきたのにお互いほとんど無言のままでさすがに焦《あせ》っていると、不意に平本さんが「ふふっ」と微笑《ほほえ》んだ。

「谷崎君、緊張してる？」

「え……？」

「いつもより落ち着いてない感じだったから」

そこまで分かってるなら逆に言いやすい。正直に伝えよう。

「ごめん、どうやって遊ぶ場所決めたらいいかな、とか色々考えちゃって、少し緊張してた」

「あ、ううん！　謝らないで！」

彼女は大げさなほど手をぶんぶんと振る。そして少し照れたように頬を掻いた。

「私もちょっと緊張してたから、一緒だよ。十彩ちゃんとはその場で決めてたから、こうやって事前に行く場所決めるなんてちょっとドキドキするね！」

「そうだったんだ」

僕だけじゃなかったんだ、と安心してカフェラテを一口飲む。柔らかい甘さと、その奥にあるコーヒーの苦みが綺麗に混ざって、ホッとする味わいだった。

「じゃあ、平本さん、どこ遊びに行きたいか、希望ある？」

「あっ、ありがとう！　そうやって質問してくれるの助かる！」

僕たちの会話を聞きたそうに、湯気《ゆげ》が顔の前まで昇ってくる。

「どこがいいかなあ……あ、せっかくだから、美術館とか水族館とか行ってみたいな。なかなか一人では行きづらいでしょ？」

「確かに。ねえ、平本さんって――」

「あ、はい、ストップ！」

わざわざ顔の横で手を挙げて、彼女は僕の言葉を制した。

「さっきから少し気になってたんだけどさ。友達なのに呼び方が『平本さん』って、ちょっと距離遠すぎない？」

「えっ、そうかな。じゃあ、あだ名とかある？」

「うーん、トリちゃんとか呼ばれてたときもあるけど、そんなに馴染《なじ》みないしなあ。むしろ、普通に呼び捨てでいいよ」

「呼び捨てかあ。慣れてないんだよね」

そんなことを言われても、ちょっと緊張してしまう。他の男子で「平本」と呼んでる人もいるしな、と自分なりに理由をつけながら口にしてみる。

「ひ、平本」

「違う違う、名前の方！」

「なま……」

「十彩ちゃんも私のこと亜鳥呼びだし。そっちの方が慣れてるからさ」

予想外の展開に心音が高鳴る。女子を名前呼びなんて、これまで一度もしたことなかったんじゃないか。開いた口の奥から、渇いた掠《かす》れ声が漏れる。

「それじゃ……あ……」

「あ？」

期待に胸を膨らませたような表情で、彼女は僕を真っ直ぐに見ている。僕は大きく唾《つば》を飲み込んで、もう一度口を開いた。

「あ……あ、亜鳥」

「はい！」

よく出来ました、と言わんばかりに胸の前で手を挙げて返事する。

「じゃあ私も名前呼びで。ふふっ、でもいざ呼ぶとなると心臓がバクバクするね」

「そうだよ、僕だってだいぶ勇気出したんだから」

「えっと……青衣君、よろしくね！」

「よ、よろしく」

杉畑さんが「亜鳥」と呼んでるように、僕も彼女の友達になったんだから、同じ呼び方でいいんだ。自分にそう言い聞かせつつ、脈拍はそんな僕を茶化すように跳ね上がった。

「ふふっ、下の名前で呼び合うって決めたこと、忘れないようにしなきゃ」

冗談めかして言う亜鳥。でも、その言葉がどうにも寂しく聞こえてしまって、僕は彼女が元気になれるような励ましの返事を考える。

やがて浮かんできた思いつきはとても恥ずかしくて、でも言うならこのタイミングしかなくて、僕は喉をカラカラにしながら深呼吸した。

「……じゃあ、わざわざ覚えてなくても、名前呼びしてるのが当たり前になるように、何回か呼び合う?」

心臓が口から飛び出そう、という表現は決して大袈裟《おおげさ》じゃないんだ、と知る。

彼女は束《つか》の間きょとんとしたものの、すぐにぱあっと明るい表情に変わった。

「それいいね! 呼ぼう呼ぼう! 青衣君!」

「じゃあ僕も……あ、亜鳥」

「青衣君、こんにちは!」

「なんで急に挨拶? こんにちは、亜鳥」

何度もお互いの名前を呼んでるうちに、新しいお客さんが入ってきた。いつの間にか、お店は満員になっている。三、四十代の女性に囲まれて、高校生の僕たち二人が少し浮いている。それに気付いた彼女は「オトナになった気分だね」と楽しそうに口にしながら、角砂糖をカフェラテに溶かして、マグカップに入れたスプーンをおまじないでもかけるみたいにくるくると回した。

「青衣君、それで? さっき何か言いかけてたでしょ?」

「え、そうだっけ?」

「うん。私がさえぎって、呼び方の話を出したから」

「あっ、そうだったね、忘れてた」

名前呼びのインパクトが強すぎて、危うく話したかったことを忘れるところだった。

「あ、うん。さっき、美術館行きたいって言ってたけど、亜鳥って美術とか絵画とか詳しいの？」

「ううん、全然なの！」

そんなわけないよ、くらいの軽いテンションで、亜鳥は笑ってみせる。

「でもさあ、なんかそういう状態で行くのも楽しくない？　『これって何を表してるんだろうね。よく分かんないね』とか言いながら絵を観るの、結構面白そうでしょ？

一人だとそんなことやってもつまんないけどさ」

「そっか。じゃあ美術館行ってみない？」

「いいの？　うん、じゃあ行きたい！」

亜鳥が小さくガッツポーズをすると、窓の外から強い風の音が聞こえる。青々とした落ち葉が、アスファルトの上を走っていくのが見えた。

「どこの美術館にする？」

そう言いながら、スマホで［東京　美術館］で検索してみる。

実際のところ、家族で数回行ったのと、去年の秋に課外活動として学年全員で行ったくらいしか経験がないので、どこにすれば良いか見当もつかなかった。せっかくだから、有名な画家の展示企画なんかがあればいいんだけど……。

「あっ、クロード・モネの企画展やってるよ。『印象派　モネの光と影』だって。睡蓮の絵を二十作品以上公開……日本初公開のもあるみたい。モネは、僕も名前くらいは知ってるなあ」

亜鳥に画面を見せると、「私も名前は知ってる！」と大きく頷いた。

「でも青衣君、実は私、行きたい美術館があって」

「そうなんだ。じゃあ、そこに行こうよ」

ありがとう、と彼女は笑ってスマホをタップした。

「恵比寿にさ、写真美術館ってあるの！」

「写真美術館？　絵画じゃなくて写真ってこと？」

「そうそう、珍しいでしょ？　時期によって企画展が変わるし、面白そうなんだよね。今月は何やってるのかな……あ、見て！」

そう言って亜鳥が、さっきのお返しと言わんばかりに画面を見せてくれた。液晶に顔を近づけると、彼女の髪から微かにシトラスの香りがして、鼻をくすぐる。

「青衣君、こういうのどうかな？　興味ある？」

「うん、行ってみたい」

本音を言えばどこでも良かったので、即答する。亜鳥があまりにも期待に満ちた目をしていたから、どうせなら楽しみなところに行こう、という単純な考えだった。

「よし、じゃあ決まりね！　集合時間とかお昼どうするかは、また二人で色々調べようね。あ、そうだ。青衣君、ライン交換しよ！」

「え、ライン？」

「そうそう、メッセージでやりとりできるし、通話でも相談できるしね」

スマホを掲げてみせる亜鳥。僕は戸惑いながらも亜鳥の二次元バーコードを読み込み、彼女を友達に登録する。【よろしく】と送ると、彼女からぺコリと頭を下げているタヌキのスタンプが送られてきた。いつか通話する機会もあるかもしれない、と思うと、なんだか緊張してしまう。

「ねえねえ、青衣君。さっきのモネの印象派とか、会話の中でさらっと出せたらカッコいいよね。なんか、教養がある人っぽい！」

場所が決まって一安心したのか、彼女は下に突っ張るように伸びをしながら雑談を始めた。

「確かに。でも僕からしたら、普段の会話の中で印象派の話題を出すのが既に難しいんだけどね」

「なんでもいいんだよ。例えば何かの絵を見たときにさ、『あー、これは印象派の影響を受けてるね』って言えたら、それだけで頭良さそうでしょ？」

「絶対、『印象派って何？』とか『どんなところが影響受けてるの？』とか質問攻めにされる気がするんだけど」

「そっか、そこまで考えてなかったなあ！」

冗談っぽく悔しそうな顔をする亜鳥に、呆《あき》れるやら可笑《おか》しいやらで、プッと噴き出してしまう。こんな風に肩の力を抜いて話せるのは楽しい。亜鳥の性格に拠《よ》るところも大きいけど、先週友達になったとは思えないくらい心の距離が近い気がする。割と相性が良いのかもしれない。

でも、そんな雰囲気も、彼女の一言で一変する。

「美術館かあ。私、高校入ってから初めてかも！」

「あれ？　一年生のときの美術館見学、行かなかったの？」

その返事をした途端。

彼女は、サッと顔色を変え、すぐに苦笑した。

「あ……そんなのあったんだ。そっか……えへへ、十彩ちゃんも同じクラスだったし、楽しかったから忘れちゃったかな」

彼女の返事の意味を理解するのに、二秒と要さなかった。そして、同時に強い後悔が襲ってきた。

「ごめん、無神経なこと言って」

「ううん、気にしないで。青衣君からしたら、何を覚えてて、何を忘れてるか、分からないんだし。私だって分かってないわけだしね。でもまあ、学校のイベントはどれも楽しいから大抵忘れちゃってるんだよね。あーあ、覚えておきたいものほど忘れてるなあ」

彼女の溜息を合図にするように、窓越しに見える横断歩道の信号が赤に変わる。

真っ赤なライトの中でじっと立っているピクトグラムは、どうフォローすればいいか迷っている僕の心を体現しているようだった。

頭の中に真っ先に浮かんだのは、反省の想い。彼女の病気のことを意識しなかったせいで、なんの気なしの言葉で彼女を傷つけてしまった。覚えていなかったことを自覚するなんて、楽しいはずがないのに。

そして、もう一つ感じたのは驚きだった。

別に疑っていたわけじゃない。信じていたけど、それでも本当にこうして、彼女が記憶をなくしているのを目《ま》の当たりにすると得体の知れない不安のようなものが胸を埋め尽くす。

体は健康そうで、話していても何の違和感もないのに、楽しい思い出を忘れてしまう。記憶以外は完全に普通の高校生で、見た目には全く分からないのに、重い病を抱えていることを改めて理解した。

今の自分にできることはなんだろうか。全部を知っている僕だからこそ、できることがあるんじゃないだろうか。

考えた末、僕は「ちょっと待ってね」とスマホを触り、一つのサイトを出した。

「これ、一年生のときに行った上野の国立西洋美術館」

「……え？」

「このときはね、確か二十世紀のイギリス美術の企画展だった気がする。この日ってさ、上野駅に現地集合だったんだけど、もう集合の時点で大変だったんだよ。みんな時間通りに来ないし、僕のクラスでは五人くらい、上野駅の反対側の出口に降りて迷子になってたからね」

「えええ、そんなことあったんだ！」

「そうそう。で、美術館入ってからも――」

亜鳥が忘れてる記憶を、自分なりに補完してあげること。それが、僕にできることだと思った。それで彼女が思い出すことはないだろうけど、追体験してもらえるならそれでいい。

「――ってことで十五時になんとか終わって、現地解散したんだよね」

自分が覚えていることを全部話し終えると、彼女は幾分申し訳なさそうにも見える微笑みを浮かべる。

「青衣君、たくさん教えてくれてありがとう。そういえば十彩ちゃんと五月に修学旅行の話をしたときも『うちの学年が現地集合すると絶対トラブルになるから』って言ってたけど、これのことだったんだね」

「きっとそうだね。謎が解けて良かった」

彼女に喜んでもらえたなら嬉しい。僕は、さっきまで彼女に話しながら、頭の中で考えていたことを伝える。

「僕、小学校の頃、病気がちで家にいることが多かったんだよ。だから、友達とどこかに遊びに行くってほとんどなくてさ」

「えっ、そうなの！」

目を丸くする彼女に、僕は頷いてみせた。

「そうなんだよ。だから、今こうして亜鳥とカフェに来るのが楽しいし、美術館に行くのも楽しみなんだよね。でも、楽しいからこそ、自分がその思い出を忘れたら辛い、というか、寂しいだろうなって思って……だから、うん、今みたいに過去の思い出を忘れちゃったりしても、僕が説明してあげるから」

真顔で僕の話を聞いている亜鳥の表情を見て、少し焦る。まとまらないまま話してしまったのが失敗だっただろうか。

「いや、もちろん、僕が説明しても亜鳥の記憶が戻らないっていうのは分かってるんだけど、その――」

「青衣君、ありがとう。ちゃんと私の気持ち汲《く》んでくれて」

彼女は、椅子に座ったまま、丁寧《ていねい》に頭を下げた。

「そうなんだよね……学校でさ、明るく振る舞ってるし、実際みんなと話してるの楽しいんだよ。でも、内心いっつも不安になってるの。いつ私の知らない話が飛び出すんだろう、私が初めてみたいに話すことが実は去年やってたことだったらどうしようって。それに、やっぱり、みんなが知ってることを自分だけ覚えてないのは……寂しいね」

それは、彼女が僕に初めて見せた「弱さ」なんだと思う。

自分が周りとズレることにいつも怯《おび》えて、なくしてしまった記憶に憧れて想いを馳《は》せている。それが亜鳥の内面なんだとしたら、僕は素直に、隣で支えてあげたいと思った。

「じゃあさ、亜鳥。これからいっぱい遊ぼう」

「え……」

「一緒に思い出たくさん作ってさ、忘れる暇がないくらい、頭の中を楽しい記憶で埋め尽くそうよ」

「うん、うん！　そうする！　すっごく楽しみ！」

大きく頷きながら、まるでガーベラが開花したかのように晴れ晴れした笑顔を見せる亜鳥。僕は、こんなに眩しい笑顔を初めて見た。

カフェを出て、駅へ向かう帰り道。亜鳥と並んで歩きながら少し斜め下を向いていると、彼女に話しかけられた。

「ねえ青衣君、何か不安になってる？」

「え？」

「すっごく真面目な顔になってるから」

よっぽど分かりやすい表情をしていたらしい。僕は大人しく白状することにした。

「さっき、急に一年生の美術館見学の話とかしちゃって、やっぱり悪いことしたかなって。ほら、急に知らない思い出話をされても、むしろ『なんにも覚えてない』ってしょんぼりしちゃうんじゃないかと思ってさ」

「ふふっ、きっとそういうこと考えてるんじゃないかなって思ってた」

「え、あ、バレちゃってたか」

僕の心を見透かしたように、彼女は「そうだよ」と人差し指を振る。

「本当に気にしないでね。むしろ、忘れてたら教えてほしいの。その方がほら、誰かと話すときに変な失敗することも減るし！」

「ん……分かった」

ちょうど駅に着いて、亜鳥が前に来る形でエスカレーターを昇る。彼女とは電車の方向もホームも違うから、改札を通ったらお別れだ。

「青衣君、お出かけ、楽しみにしてるから！　それにさ」

「うん？」

「いっぱい色んなところ行こうね、約束。忘れる暇がないくらい、楽しいこと一緒にしてくれるんでしょ？」

期待に満ちた目で、こっちを見る。下がっていた僕のテンションを、瞬時に上昇させて元通りにする。僕に対してだけ使える亜鳥の特技、なのかもしれない。

「そうだね、僕も行きたいところ考えてみるよ」

「ありがと！　じゃあまたね！」

そう言って、彼女は階段を降りていく。その姿を見送ってから、僕も反対側の階段を一段飛ばしで降りていく。

ホームに着いたところで彼女のいる方を見ると、彼女は僕が遠方へ旅立つかのようにブンブン大きく手を振ってくれたので、小さく手をあげる。温度差のある僕たちの挨拶を到着した電車がさえぎり、僕たちは正反対の方向へと進んでいった。

「写真美術館、恵比寿か……」

空いている席に座り、独り言のように呟いてから、すぐスマホを取り出す。

駅からのアクセス、近くにあるランチのお店、休憩で使えそうなカフェ、ウィンドウショッピングできそうな雑貨屋。亜鳥と一緒に行ってみたいところがたくさんあったけど、その中でお昼に良さそうなパンケーキのお店を見つけた。

僕は亜鳥に早速ラインで、「恵比寿で、ここに行ってみない？」とリンクを送ったのだった。

第三章　クラウドの僕

「ねえ、谷崎。今、ちょっとだけいい？」

六月十二日、水曜日の昼休み。泣くのを我慢しているような曇天《どんてん》模様を映す窓を見ていると、杉畑さんに呼び出された。つい、亜鳥が「十彩ちゃん」と呼んでいるのを思い出してしまう。

「うん、大丈夫だけど」

「じゃあ、ついてきて」

くるっと身を翻《ひるがえ》して教室を出ていく彼女に、慌ててついていく。

「杉畑さん、用事って何？」

教室の隣にある階段を降り、踊り場で話しかけた。廊下の一番端っこの七組にいるのは、こういう移動のときに楽だ。

彼女は、猫っぽい切れ長な目を僅かに細めて、僕を睨《にら》むような視線を向けてきた。

「亜鳥と出かけるって本当？」

本人から聞いたのだろう。これはごまかせない。

「うん、そのつもりだよ」

「なんでそんなことするの？　記憶の話を聞いたから？」

「まあ、それもある、かな。一緒に遊びたいって思って」

「ふうん、そうなんだ」

ぼそぼそと言うと、杉畑さんは鼻からフッと息を吐いた。口を閉じているその表情は、怒っているようにも見える。

「私さ、幼稚園のときから亜鳥と一緒なんだよね。中学校でも、二年と三年のときは同じクラスで。それで……中三のときに病気のことを聞いたの」

亜鳥は、中二のときに発症したと言っていた。その翌年には杉畑さんに伝えていたということだ。

「あのときの亜鳥、本当にボロボロ泣きながら話してたの。『十彩ちゃんとの去年からの思い出、毎日のおしゃべり以外、全部消えちゃった』『絶対どこかに遊びに行ってるはずなのに、なんにも思い出せないの』『怖くてなかなか言い出せなかったんだけど、十彩ちゃんにだけは誤解されたくなかった』って。発症する前のことは全部覚えてたし、私と交わしてた日常会話は忘れてなかったけど、その頃一緒に観た映画や食べに行ったスイーツのことは全部消えちゃってた」

「そっか……それはお互い大変だったね」

事情を知りながら、忘れた方も、忘れられた方も、どちらも心が痛む。そんなことをもう二年以上、彼女たちは続けていたんだ。

「そうだね、亜鳥の方が辛かったと思うけど、私も結構動揺してたな」

それから杉畑さんは、当時の様子を色々と教えてくれた。

杉畑さん自身も、彼女から打ち明けてもらえるまで、亜鳥が少し前の思い出話を曖《あい》昧《まい》に濁《にご》すことに疑問を抱いていたこと。亜鳥から「これ以上誤解させたくない」と秘密を打ち明けてもらったこと。納得したけどその境遇に一緒に泣いてしまったこと。友達の何人かは『忘れられてた、ひどい』と亜鳥から離れていったこと。亜鳥のことが気がかりで、高校でも先生に事情を話して一年生のときからクラスを一緒にしてもらっていること。

そのどれもが、当時の辛さを十分に感じられるものだった。

「そうやって、私ができる限り守ってきたの。あ、誤解されないように言っておくと、無理に亜鳥と一緒の高校を選んだわけじゃないよ。本当に学力のレベルが同じくらいだったの」

幸い勉強の記憶は消えないみたいだしね、と杉畑さんは苦笑いと呼べるくらいの表情で笑った。

「杉畑さん、守ってきた、ってどういうこと？」

「ああ、別にそんなボディーガードみたいな意味じゃないよ。亜鳥が友達との思い出を忘れて、責められたり嫌味を言われそうになったときに、亜鳥が悲しくならないようフォローしてただけ。まあ、もともと明るいし、天然キャラみたいにごまかして自分で解決することもあるけどね」

「そっか、責められたら、謝るしかできないもんね」

「それもあるし、あと」

杉畑さんが一呼吸置くと、上から他のクラスの生徒が数名バタバタと階段を降りてきた。聞かれないように間を空ける、彼女の小さな気遣い。

「そうやって周囲から叱責されたことって、別に楽しい思い出じゃないでしょ？　だから亜鳥は言われたこと、きっとちゃんと覚えてるんだと思う。楽しいことばっかり消えて、そんなことばっかり残ってて。それが……その、かわいそうでさ」

親友にその言葉を使っていいいか、躊躇《ためら》うように閊《つか》えながら、杉畑さんは最後まで言い終えた。

彼女の気持ちが、痛いほど伝わる。僕が同じ立場でも、同じように守ろうとしただろう。そんな辛い思い、させたくない。

「杉畑さん、色々教えてくれてありが――」

お礼を言おうとした僕の顔を、彼女はもう一度睨む。その目は明らかに、さっきより強く、敵意のようなものを孕《はら》んでいた。

「私は長い間、亜鳥のことを見守ってきたつもりなんだ。だから、生半可な気持ちなら近づかないでほしい」

「生半可って……」

「一緒に遊んでも、亜鳥は記憶をなくす。そのことに谷崎が嫌気が差して離れていったら、その傷ついた記憶だけ残るかもしれない。そんなこと、させたくないんだ。だから、中途半端にやるなら関わらないでほしいなって」

「そんなつもりじゃないよ」

堪《たま》らず、僕は言い返す。

「確かに、大したきっかけもなくて遊びに行くことになったし、杉畑さんほどの覚悟もないかもしれない。でも、美術館に行く計画とか立ててさ、亜鳥と一緒に遊びたいな、遊んだら楽しいだろうなって思ったんだ。だから、僕なりのやり方で亜鳥を元気にしたいって、今は考えてる」

ごくりと唾《つば》を飲む。本音を話すと喉《のど》がカラカラになるのは、まっすぐ紡《つむ》いだ言葉の瑞々《みずみず》しさに水分を奪われるからだろうか。

「この前、亜鳥が一年生のときの美術館見学を忘れてたのを知って、本当に驚いたんだ。彼女の記憶の中からその思い出が消えてるんだって、実際に理解した。それに、さっきの杉畑さんの話を聞いて、亜鳥の中には消せない悲しい思い出ばっかり積もっちゃってるかもしれないって思った。それが自分だったらと思うとすごく寂しくてさ。力になれる範囲で、できることをしたいんだ」

お互い、少しの間、無言になる。「沈黙は避けたい」というこの場の空気を読むように、上の階からも下の階からも生徒の騒ぎ声が聞こえる。数秒して彼女は「そっか」と温度のない返事を口にした。

「まあ、亜鳥が悲しまなきゃ、私はそれでいいよ。時間くれてありがと」

表面上、という言葉がピッタリ来るようなお礼をして、彼女は教室へ戻っていく。

そんな風に思われるのも無理はない。ずっと杉畑さんは一人で、亜鳥のことを守ってたんだ。急に僕が入ってきたら動揺するし、本当に自分と同じくらい亜鳥のことを気にかけてくれるのか、疑ってしまうのも頷ける。

亜鳥が悲しまないように、一緒に過ごしていく。もう一度心の中でその決意を復唱し、階段を踏みしめるように上った。


「ふふっ、やりたいと思ってたんだよね、二人と帰るの！」

その日の放課後、杉畑さんが部活が休みということで、三人で帰ることになった。

タイミングが良いのか、悪いのか……。

「十彩ちゃん、今度カフェ行こうよ！」

遂に振り出した小雨が傘に当たる音を聞きながら、亜鳥が杉畑さんの方を向く。

「すっごく良いところ見つけたんだ」

「うん、行こう行こう」

「カフェラテが美味しいんだよ！」

「いいね、私も好き。ブラックは苦くてあんまり得意じゃないからさ」

亜鳥が楽しげにはしゃいで、杉畑さんがクールに受け止める。なかなか良いコンビだと思う。

「青衣君とも、次の予定考えたいなあ」

「まだ美術館も行ってないのに？」

「そうそう、忘れる前にどんどん楽しいことしていかないと！」

僕が言ったことを、ちゃんと受け取ってくれている。その証のような返事が嬉しい。

「いつか、十彩ちゃんと青衣君、三人でもどこか行きたいね！　動物園とか、水族館とかさ！」

「え、それは杉畑さんと二人の方が――」

「いやいや、谷崎と行っておいでよ」

僕の言葉をさえぎって、杉畑さんは亜鳥に返す。

「そういうところに出かけるならさ、二人で行った方がいいって。私は部活もあるし、休日も忙しかったりするから」

「そっかあ。じゃあ青衣君、それも今度考えようね！」

「う、うん……」

返事をしながら、杉畑さんの方を見る。

顔を隠すように傘を下げている彼女の表情が、なぜだかすごく悲しそうに見えた。

＊＊＊

待っているイベントがあると時間が過ぎるのが早くて、あっという間に週末がやってきた。

今日は遂に、亜鳥と初めて出かける日だ。

「これ……でいいよね」

朝からバタバタしないように、昨日の夜に洋服を選んでおいた。降水確率も見て、気温も確認して、完璧なはずだった。それなのに。

「でもなあ、気温上がったときにシャツを脱いだらこのTシャツ、っていうのもちょっと……」

僕は小さく唸《うな》りながら、ハンガーに掛けておいたもう一枚のシャツを体に当てる。

「やっぱりこっちのシャツにするかな……でもそうすると赤と青で色の重ね方が微妙だな……」

何を着て、何を羽織るか。それだけのことで延々と悩んでしまう。時計を見ると焦ってしまうので、スマホをベッドに投げて、ハンガーの服を片っ端から取っていく。

ようやく、白地にどこかの国の海がプリントされているTシャツに、マリンブルーの七分丈シャツに決めたときには、衣替え中かと思うほどにタンスもクローゼットも雑然としてしまった。

「よし、もう行こう！　片付けは帰ってきてから！」

自分に言い聞かせるように叫んで、自分の部屋を出る。

玄関で靴を履いていると、母親がリビングから顔を覗かせた。

「いってらっしゃい、体調は大丈夫？」

「うん、大丈夫。いってきます」

バッグの中身をチェックしながら玄関を飛び出し、自転車に乗った。

たまに浮かぶ雲が太陽をよけるように泳ぎ、朝九時半だというのにアスファルトは日焼けしながら熱気を放っている。

【今出た。予定通り着くよ】

【私も出てる！　じゃあ、駅で待ち合わせね！　ちょっと早く着きそうだから雑貨のお店見てから行くかも】

たまに自転車を止めてメッセージを送りながら駅へと向かう。いつもの駐輪場はガラガラで、今日が休日であることを再認識した。

　これから、クラスの女子と二人で出かける。そうまとめてしまえば、たとえ彼女が友人という間柄であろうが、「デート」に違いない。でも、なんとなくそう呼ぶのは気恥ずかしくて、亜鳥にも「デートみたいだね」なんてメッセージは冗談でも送れなかった。

　じゃあ今日の外出はなんと呼ぶんだろう、と自問自答しながらＩＣカードをかざすと、「まあとにかく楽しんできなよ！」と気楽に背中を押すように自動改札の扉がポーンと開いた。

『間もなく、二番線に、各駅停車……』

　ホームに降りてすぐやってきた電車に乗り込む。目的地まで、ここから一度乗り換えを挟んで四十分くらい。緊張のせいか、スマホで漫画を読んだりゲームしたりする気分になれなくて、美術館やパンケーキ店の情報をチェックして過ごした。

『次は恵比寿、恵比寿。お出口は右側です。湘南新宿ライン、埼京線、地下鉄日比谷線はお乗り換えです』

　集合時間の五分前にＪＲ恵比寿駅に到着して、東口に向かって降りていく。

　一階に降りる途中で下に視線を向けると、待ち合わせに最適な広いスペースで、人々がスマホやゲームの液晶と睨めっこしていた。

「あっ」

その中に、探していた女子を見つける。慌ててエスカレーターを降りて、キョロキョロと辺りを見回している彼女に声をかけた。

「亜鳥、着くのギリギリになっちゃってごめん。雑貨屋さん、行けたの？」

「ううん、それがね、全然見られなかったの！　メトロで来たんだけど、乗り換えで間違えそうになったし、ここに来るまでにもちょっと迷っちゃったし！」

笑いながら、「地図見てやっと辿《たど》り着いたんだよ」とスマホを見せてくれる。僕は、ものすごく拡大したマップのアプリを少し覗き込んだ後、すぐに彼女の服装に視線を移して見入ってしまった。

白い半袖ブラウスに、青と水色のストライプが鮮やかな丈の長いスカート。真っ白なサンダルの色も綺麗で、初夏らしい色合いのコーディネート。

いつもの制服とは違って、随分《ずいぶん》大人びて見える服装の彼女に、自然と心臓は高鳴る。自分なりに服を選んできたつもりだけど、もっとオシャレな服を買っておけば良かった、と後悔の念が頭の中をぐるぐると巡《めぐ》った。

「そっか。じゃあ、時間あったら午後に雑貨屋さん見ようよ」

「それいいね、ありがとう！　あっ、青衣君」

「ん？」

彼女は、両手を揃え、ぺこりとお辞儀した。

「今日はよろしくね」

「うん、こちらこそ、よろしくね」

同じようにお辞儀で返し、二人で笑い合う。この外出をなんて呼ぶのか、今は考えないようにする。ただただ、今日一日を存分に楽しもう。

「じゃあ、早速パンケーキの店から行こっか。ちょうど、オープンの時間だしね」

「向かおう向かおう！　私、青衣君からリンク送ってもらったときからすっごく楽しみにしてたんだあ。朝食抜いてきちゃったし！」

「気合い入りすぎだって」

恵比寿駅東口のロータリーを左手に見ながら大きな交差点を渡った。高そうなハンバーガー屋や、大人が手土産《みやげ》に買うような和菓子の店を通り過ぎながら、オシャレな場所だなあと改めて感じる。

いつかこんな街に住んでみたいと思いつつ五分ほど歩き、コンビニ近くの横断歩道を渡ると、目的地に着いた。

「うわっ、すごい！　オシャレ！」

亜鳥は、目を輝かせながら外観をまじまじと見つめる。

マンションの一階にある、パンケーキが有名なカフェ。入り口のすぐ横には観葉植物のような濃い緑色の庇《ひさし》がついたテラス席があり、店頭のメニューを見ると、トッピングが美味しそうなパンケーキの写真が並んでいた。

人気店らしいけど、オープン前ということもあって二組しか並んでいなかった。これならすぐに案内してもらえそうだ。

開店を待つ亜鳥は、かなり上機嫌で窓ガラスからお店の中を覗いている。

「すごいすごい！　青衣君、お店探してくれてありがとう！」

「ううん、恵比寿駅から歩ける範囲で、高すぎないところに絞って探しただけだよ。大したことしてないから」

「そんなことないよ！」

亜鳥が首を振った。間髪容《かんはつい》れずに返された返事に、思わず体がビクッとなる。

「どこに行こうか、ちゃんと時間使って考えてくれたってことでしょ？　それが嬉しいもん。今日会ってから場所決めたりしたら、混雑しちゃうかもしれないし。だから、お礼言いたいの」

「そっか、うん。喜んでくれたなら良かった」

会話をしているうちに開店の十一時になり、店員さんに声をかけられた。

「お次のお客様、二名様、どうぞ」

心地良いピアノの音楽が流れるお店の奥の二人席に通される。四角いテーブルに、片方は大きめの木製椅子、反対側はグレーとネイビーの中間色のようなカラーリングのソファー。亜鳥にソファーに腰かけてもらい、一緒にメニューを選ぶ。

「うわっ、やっぱりスフレパンケーキは王道だなあ！　でも、このトリプルベリーパンケーキもいい！　ストロベリー・ブルーベリー・ラズベリーのコンボは魅力的すぎるよね！」

「どれも美味しそうだよね」

テンション高く早口で話す亜鳥は、急にメニューをトントン叩き始めた。

「待って、ちょっと待って、青衣君！」

「はいはい、どしたの」

「期間限定、メロンのパンケーキだって！　パンケーキにメロンを組み合わせるなんてズルすぎない？　うわー、どうしよう、迷うー！」

まるで漫画の一コマみたいに頭を抱える亜鳥。真剣な顔で、焦りつつも悩んでいるその姿は、着ていく服のことで迷っていた今朝の自分とよく似ていた。

「……じゃあさ、亜鳥がどっちか頼んだら、僕は残った方注文するから。それで半分こしようよ」

その提案に、彼女はメニューの上からガバッと顔を上げた。

「いい、んですか……？　そんなこと、しても……」

「うん、もちろん」

目を見開き、あまりにも大袈裟な口調で訊いてくるので、笑いを堪《こら》えながら頷くと、彼女は喜色を湛《たた》えてメニューを僕の方にくるっと向けた。

「じゃあ、私、メロンにする！　青衣君、ベリーをお願いします！　やったー！」

目一杯喜びながら、彼女は店員さんを呼んでオーダーした。店内は既にほぼ満席。僕たちみたいな高校生は少ないけど、だからこそ、この「非日常」が面白い。

改めて店内を見渡す。コーヒーも有名だからか、コーヒー豆を詰めた瓶《びん》がインテリアとして飾られていた。掛けられている絵画もブラウンで統一されたカウンターもみんなオシャレで、どこをSNSに投稿してもたくさんハートがつきそうだ。

見るからにウキウキしている亜鳥と、最近読んだ漫画や好きな音楽について話しながら待つこと十五分、遂に店員さんが颯爽《さっそう》と歩いてきた。

「お待たせしました」

「わっ、わっ、すごい！」

黒くて広い、やや角度のある皿にそれぞれ乗ってきたのは、ふわふわの大きなパンケーキ二つ。その上には、たっぷりと生クリームがかかっている。

僕の方のパンケーキには、そのクリームの上に真っ赤なストロベリーソースがかかっていて、横にドライのブルーベリーとラズベリーが添えられている。彼女の方は、ソースはかかっていないものの、カットしたメロンがゴロゴロとデコレーションされていた。

　亜鳥はテンションが上がりすぎるあまり語彙《ごい》をなくしたのか、「すごい！」を連呼してお皿を回転させながら、写真も撮らずにさまざまな角度から見つめている。

「僕のも見る？」

「ホント？　うん、見たい見たい！」

　一段落したところで僕のお皿を亜鳥の方にゆっくりスライドさせると、彼女はゆっくり手元に引きながら「美味しそうだなあ」とじっくり眺めた。

　やがて、満足そうに「ありがとう！」と僕の方に戻すと、待ちきれない様子でスプーンを持つ。

「じゃあいよいよ、いただきます！」

　給食の時間かと思うほど元気に挨拶をする亜鳥。一口食べた彼女は、もぐもぐと咀《そ》嚼《しゃく》した後、口元を緩《ゆる》めながら目をキュッと瞑《つむ》る。そして、まだ季節には早い向日葵《ひまわり》のようにぱあっと眩《まぶ》しい笑顔を咲かせた。

「ふあっ！　美味しい！　うわーっ、これすごく好き！」

「そっか、良かった。どんな風に美味しいの？」

「んっとね……甘い！」

「すっごいシンプルな感想だ」

普段あんまりやらないツッコミを入れてみると、彼女は声をあげながら手を叩いた。

「青衣君、面白いなあ。んっとね……生クリームの甘さがくどくなくてちょうどいいの。そこに、メロン特有の甘みが乗っかってきて、飽きずに幾らでも食べられちゃう」

「そっか、じゃあ僕も食べてみようかな」

彼女の感想に食欲を刺激され、クリームをつけてドライフルーツのベリーと一緒に口に運んだ。パンケーキの優しい甘みに、亜鳥の言う通りの程良い甘さのクリームがマッチする。そこに、ストロベリーソースの酸味とベリーの食感が加わっていく。

「うん、美味しい」

「美味しいよね！　ここの店のならどれも大当たりだと思う！」

僕のお皿をちらちら見ながら言うので、その魂胆《こんたん》が分かってしまって、思わず顔がニヤけそうになる。

「亜鳥、もう少し食べたら交換しよっか」

「やった！　こっちのもすっごく美味しいよ！」

お皿を入れ替えて食べた亜鳥は、また美味しい美味しいと元気にはしゃぐ。

しばらくワイワイと騒いでいたものの、彼女は不意に「ふう」と一息つき、カチャリとスプーンを置いた。

「パンケーキ、私すっごく好きでさ。本当は十彩ちゃんと何度も行ってるはずなんだけど、覚えてないんだよね……後になって、『そのお店、前に行ったことあるね』って言われるんだけど、味も覚えてなくてさ」

寂しそうに俯《うつむ》く彼女に、なんとか元気になってほしくて、僕は彼女を励ます言葉を探す。やがて出てきたのは、彼女の特性をポジティブに捉えた考え方だった。

「でもさ、亜鳥、その分、同じお店に行っても、新鮮にパンケーキの味を楽しめるんじゃない？」

「……確かにそうかも！」

全ては考え方次第。寂しいことでも、きっと見方を変えれば楽しい側面がある。

亜鳥に、そう伝えたかった。

「青衣君、今日食べたこともきっと忘れちゃうけど、ごめんね」

「ううん、大丈夫。そしたらもう一度ここに来ようよ」

「そうする、ありがとう！　よし、いっぱい食べるぞ！」

彼女が笑顔を取り戻す。一緒に話しながら食べると、パンケーキがより美味しく、甘く感じられる気がした。

「あー美味しかった！　青衣君、良いお店見つけてくれて本当にありがとう！」

食べ終えてお店を出たのは十二時ちょうど。ちょうど雲が太陽を隠して、歩きやすい気温になっている。

「ううん、僕も行けて良かった。そしたら、次行こっか」

「うん、行こう！　今日のメインだね！」

駅とは反対方向に進み、郵便局のある交差点を右に曲がって、通りをまっすぐ歩いていく。

途中、大学病院を通り過ぎた。僕と彼女が会って、彼女から秘密を打ち明けてもらった病院。亜鳥はそのグレーのエントランスをジッと見つめる。

「なんか、ここで出会ったから青衣君とこうして遊べてるんだって考えると、偶然ってすごいなって思うね」

「そうだね。亜鳥、病院はよく行くの？」

「ううん、今は月に一回くらいかな。前はちょっとここに入院したりもしてさ、うちの家族ってみんな健康体だから、大事件だったんだよね」

中学二年生のときの話だろう。当時を思い出して少ししんみりしたのか、彼女は僅かに俯く。

「ここに入院してたんだ。個室、結構広いんだってね。談話室もオシャレだし」

「そうなの！　でも、中の売店は品揃え良くなくてさあ」

亜鳥は口を尖《とが》らせてみせる。百面相のようにコロコロ変わる表情は、見ててちっとも飽きなかった。

「そういえば青衣君、この病院でコンタクト処方してもらってるんだよね？　初診のときは、なんでここ選んだの？」

「ああ、うん、母親がここから近いところで働いてて、会社帰りに一緒に行くことになったからさ」

　他愛もない話をしながら、プラタナス通りと名の付いた通りを歩く。樹皮が剥《は》がれて茶色と白のまだら模様になっているプラタナスが、どこか可愛く見えた。

　パンケーキの店から歩くこと十二、三分。着いたのは、写真と映像専門の美術館である、東京都写真美術館。

　何年か前に改修したという近代的な建物の外壁に「ＴＯＰ　ＭＵＳＥＵＭ」という文字がデザインされている。美術館の英語名の頭文字を取ったらしいよ、と亜鳥が教えてくれた。

「亜鳥は来たことあるの？」

「うん、少なくとも小学校のときに家族で来てるよ！」

　少なくとも。その言葉のチョイスに、僕は気にかけてないフリをしてポーカーフェイスに努める。

　もしかしたら中学二年生以降で行ったのかもしれない。「あの時行ったじゃん！」

と後から友達にでも指摘されたら行ったこと自体は認識できるだろうけど、誰からも言われてないならその思い出は彼女の記憶の海の底だ。本人にも見つけられないまま、深海に沈んで、息を潜めるように掘り起こされるのを待つ。そんな欠片《かけら》が幾つあるんだろうと思いつつ、「僕は初めてだよ。来るの、すごく楽しみにしてた」と明るく言った。

「高校生お二人ですね、七百円になります」

受付で入場券を買い、そのまま企画展の入り口まで進む。

今月から来月までやっている企画展は、「百年の肖像展」。この百年の写真史の中で、メジャーな作品からあまり目に触れる機会のない貴重な作品まで、ポートレイトを中心に展示するという企画だ。

「あ、私この写真知ってる！　美術の教科書に載ってた」

「女優さんでしょ？　テレビでもよく見るよね」

作品の解説を見ようとして、彼女と右手が触れる。ドキッとして、慌ててその手をポケットに引っ込めた。

「こっちのは日常の一枚って感じだね。記念写真なのかな？」

「そうかも、ほら、なんか贈り物みたいなの写ってるからお祝いかもね。なんか私、こういう写真好きだなあ。ずっと見てられる」

「僕も好きだな。見てて面白い」

風景画と違って人物の写真だから、知らない作品でも、感情が伝わってきて分かりやすい。

楽しそうに笑ってる親子、緊張しているように見える海外の青年、達観した様子でタバコを吸うアジアの老婆《ろうば》の横顔……裏にあるドラマを想像して、亜鳥と話しながら鑑賞するのは、存外楽しかった。

「見て、青衣君。これなんて、普通の写真だよね？」

「うん、普通の写真だね。ほら見て、この解説。スマホで撮影したって書いてあるよ」

「え、スマホ？」

驚きの声と共に、亜鳥はじっと写真の下の解説文に目を凝《こ》らす。

「ホントだ、スマホだ。だからところどころ画像が粗いんだ」

「なんでだろうね。一眼レフとかで撮った方が綺麗なのに」

横で僕が疑問を漏らすと、亜鳥はこほんと芝居がかった咳《せき》払いをして、小声で話し始めた。

「これはですね、スマホで撮ることによって、『手軽に写真に記録できる時代』を批判的な目で見ているわけです。簡単に撮れるけど、それは決して鮮明ではない。果たして、これを写真と呼んでいいのか、そういう芸術なわけであります！」

「よっ、名解説」

合いの手を入れて小さく拍手をすると、彼女はまるで拍手喝采を抑えるかのように、まあまあと両手で制してみせる。

普段こんな寸劇なんかしないけど、亜鳥と一緒だとつい楽しくてやってしまう。そんな不思議な引力が、彼女にはあった。

「亜鳥、今の解説、急に思いついたの？」

「ああ、さっきの？　中学一年のとき、スマホ買ってもらってさ。そのときは、よく写真撮ってたのね。撮るの失敗してピンボケしたりしてたんだけど、友達には『すっごく良い写真！』って褒《ほ》められたりしてさ」

「そっか、それで『鮮明じゃない』って話に繋がるんだ」

「そうそう。必要なものがそれなりに写ってれば、別にみんなそれでいいんだなって。どう、鋭い意見でしょ？」

僕が「びっくりしたよ」と言うと、彼女は照れくさそうに微笑んだ。

その後も一階から三階まで、ゆっくりと写真を観て回る。人間を被写体にした作品だけかと思っていたけど、風景写真もあるのは意外だった。解説に拠《よ》ると、「風景に写真家の内面や人間心理を反映させた写真なので、ポートレイトの一種と見なされる」ということらしい。

亜鳥は「ううん」と頷きながら、その風景写真の一枚を見つめていた。

「曇り空の下の、草原と風車……ここに、写真家の内面……せっかくの良い構図なのに曇ってて残念、みたいな？」

「いや、さすがにそんなストレートじゃないんじゃないかなあ」

「えー、そうかな？　じゃあ青衣君はどう思うの？」

「え、僕？」

自分に返ってくると思わなかったので、動揺してしまう。

改めて僕もその写真を食い入るように見てみる。真剣に思考を巡らせていると、ぼんやりと自分なりの考えがまとまってきた。

「んっと……晴れだったらすごく良い写真って呼ばれたはずの写真も、こうして天気なんていう要素一つでつまらない作品になってしまう。だから人生も同じように、運任せの部分もあるんだよ、みたいな？」

「あ、その解釈良い！　なんか、人生に対する諦めが含まれてる、って感じ！」

そう言った後、彼女はくしゃっとした笑顔になった。

「こうやって適当に解釈していくの、楽しいよね！」

「うん、初めてやったけど、楽しいね」

どっちが当たってるかも分からないし、高尚な芸術鑑賞がしたいわけでもない。

ただ、亜鳥とこういう他愛もない会話をしているのが面白かった。

彼女といるのは居心地が良い。まだ仲良くなってそんなに日も経ってないのに、すごく波長が合う気がする。もっと、彼女と日々を重ねていきたい。それは「友人として」だろうか、と微かに頭に過《よぎ》った疑問は、咀嚼するにはまだ少し早い気がして、僕はサッと頭を振って掻き消した。

「このエリアで最後だね」

三階の最後のエリアは、日本人の顔のアップのモノクロ写真が並んでいた。笑い顔、泣き顔、怒った顔……老若男女の喜怒哀楽を切り取った大小さまざまな写真が、ブースに配置されている。入り口の説明書きに、表情をテーマにした国内のコンテストの入賞作品だと記載してあった。

「亜鳥、見て。こっちが優秀賞でこっちが佳作だって。どっちも印象的だけど……僕には上手いとか下手とかはよく分からないなあ」

さっきと同じように素人の作品解説ごっこみたいな会話をしようと思って声をかけてみたけど、亜鳥からは反応がない。

気になって彼女の方を振り向いてみると、授業中かと思うほどの真剣な表情で、笑顔の女の子の写真をまっすぐに見ていた。被写体の子は、十代半ば、中学生くらいだろうか。

「ねえ、亜鳥、大丈夫？」

「……ん、あ、ごめん、聞いてなかった。どしたの？」

「ううん、すごく真剣に見てたから。この写真に感動したのかなって」

「感動、とはちょっと違うかもしれないけど……このエリアの写真、どれも素敵だなって」

彼女は、写真の前に手のひらを翳《かざ》して、愛おしく撫でるように上から下に動かす。

「当たり前だけど、この作品にはさ、写真を撮った人だけじゃなくて、撮られた人の感情も詰まってるんだよね」

「確かにそうだね」

「その人がどんな思いだったか、嬉しかったか、悲しかったのか、カメラを向けられて緊張してるのか、無理やり笑ってるのか。そういうものが全部込められている気がして。それって、私に欠けてるものだから」

「欠けてるって……別に亜鳥の感情がなくなってるわけじゃないでしょ？」

なんて返事をすればいいか悩んだけど、結局当たり前の回答しか返すことができなかった。「きっとそういう意味じゃない」と、僕自身も分かっているのに。

「もちろん、それはそうだけどね。でも私、こういうお出かけのときに写真撮らないようにしてるの。後から見返しても、何も覚えてないから」

お昼のパンケーキの店のことを思い出す。確かに彼女は、写真を撮ってなかった。それに、さっきスマホで写真を撮っていた話が出ていたけど、あれは彼女が中一のときの話だ。

「でもさ、亜鳥、それって逆じゃないの？　覚えられないから、写真にして残しておくっていうか――」

「青衣君、違うの」

亜鳥は、これまで見せたことのない、寂しそうな微笑みを浮かべた。そして、優しい口調で続ける。

「思い出が残ってればさ、写真を見て、『ああ、そう言えば、あの時あそこに行ったんだ。あれは楽しかったな』とか思い出すと思うのね。でも、私は……私は違うの。写真を見ても何も、本当に何も思い出せなくて。写真をジッと眺めても……思い出せないことが辛くなったり……知らない人が撮った写真みたいで怖くなったり――」

「ごめん、亜鳥！」

彼女の声が僅かに震えているのを感じて、僕は謝ってさえぎった。

「確かに亜鳥の言う通りだ。気持ち考えずに、僕の経験だけで話しちゃってた。しんどいこと言わせてごめん」

「ううん、そうやってちゃんと私のこと考えてくれてるってだけで、気持ちが楽になるよ。ありがとね」

そして、彼女はもう一度、「この写真、いいなあ」と、満面の笑みを浮かべる女の子の写真をじっくり眺める。

「この子はきっと、何年経っても、この写真のことを思い出すんだよ。これを撮ってもらったときのこと、こうして美術館に飾ってもらったときのこと。それに、時間が経てば、『少し前にも、この写真のこと思い出したな』ってこと自体も思い出すかもしれない」

「思い出したこと自体も、か。そうかもしれないね」

「そう。記憶って、きっと何度も蘇《よみがえ》るんだよ。運動会のこと、運動会の話を家族でしたときのこと、家族で話したのを思い出したときのこと。そうやって、SNSで投稿を引用するみたいに、たくさん繰り返すことができる。まあ、私には元の記憶がないから、引用することもできないんだけどね。投稿を削除しちゃった、みたいな感じなのかな」

写真を見ながら話す彼女に、僕はかける言葉を見つけられずにいた。どう励ましても、立場が違う自分の言葉は響かないような気がして。

だからせめて、寄り添いたい。亜鳥がこの写真を十分堪能するまで、彼女の隣にいたかった。

「ごめんね、考えても仕方ないから元気でいようって思ってるのに、ちょっとネガティブになっちゃって」

「ううん、大丈夫。僕もこの写真、好きだよ」

「そっか、良かった。よし、向こうの写真も見よう！」

　君が悲観的になってるときは、僕が正面から受け止めて、肯定してあげたい。まだ過ごした期間は長くないけど、君にこうして寄り添う時間が、僕の中でどんどん大切になっていった。


　全て観終えて二階に戻ると、亜鳥が「ミュージアムショップ」と書かれた案内表示を指さす。

「青衣君、お土産買わない？」

「そうだね、ちょっと見てみよう」

　美術館らしいショップでは、「TOP MUSEUM」とロゴの入ったグッズやクリアファイルを売っている。また、今回の企画展専用のお土産として、「百年の肖像展」で展示されていた写真一つ一つの解説を載せた図録なども販売していた。

「図録ってさ、部屋に置いてあるとカッコよくない？　私、美術ちょっとかじってます、みたいな」

「分かる。でも三千円は高いよね」

「そうだよね！　三千円あったらさっきのパンケーキ二つ食べられるもん！」

楽しそうに話す彼女に、さっきまでの陰はない。それが空元気でないといいなと願いつつ、僕は棚を見ながら彼女に訊いてみた。

「亜鳥は何にするの？」

「ううん……迷ってるんだけど、これすごくいいなあ」

彼女が指さしたのは、さっきまで見ていた、笑う少女の写真が印刷されたポストカードだった。

「その写真、気に入ってたもんね」

「うん、それもあるけど、私なりの決意、みたいなものかな」

「決意？」

訊き返した僕に対して、彼女は言葉を選びながら答える。

「さっき、私がすっごく時間かけてこの絵を見てたとき、青衣君ずっと近くにいてくれたでしょ？　あれ、嬉しかったんだよね。横で支えてもらってるような気がして」

彼女に気持ちが届いていたのだと、それが分かっただけで嬉しくなる。

「だから、みんなに支えてもらってもいいから、私もこの病気とうまく付き合っていこうって思ったんだ」

「みんなに支えてもらう、か」

「うん。十彩ちゃんだけじゃなくて、青衣君っていう強い味方ができたから、私はやっていけるはずだって。治るかどうかは分からないけど、たとえ治らなくても、悲嘆ばっかりしてないで乗り越えていこうっていうか……そういう強い気持ちを込めて、これが欲しくなったの」

その言葉を聞いて、僕は彼女が指していたポストカードを手に取った。

「これさ、僕にプレゼントさせて」

「え？　いいよ、そんな」

「ううん、亜鳥の決意が込められてるなら、応援の意味で贈りたいんだ。買わせてくれないかな？」

彼女は少し考えるように手を口に当てた後、「じゃあ」と切り出した。

「私にも買わせて。同じの、贈っていいかな？　私の決意、青衣君にも覚えておいてもらえるように」

「それ、いいね。同じものプレゼントしあうって」

お互い自分で買っても結果は同じことかもしれない。でも、相手に渡すからこそ伝わる気持ちがきっとある。

僕たちは揃ってポストカードを有料でラッピングしてもらい、面と向かって亜鳥に渡した。

「じゃあこれ、プレゼント」

「ありがとう。大事にするね。はい、私からも！」

そう言いながらお返しに渡してくれたポストカード。ラッピングされたそれを、僕は大事にバッグにしまって美術館を出た。


時計を見ると、帰る時間よりだいぶ早い。目的の場所は行けたけど、さよならするのは少しもったいなかった。

「この後、どうしよっか。亜鳥、時間あるの？」

「うん、私はまだ大丈夫だけど」

「じゃあさ、雑貨見に行く？　朝、行けなかったんでしょ？」

その提案に、彼女の表情はぱあっと明るくなる。そして、ぐっと僕に身を寄せた。

「行きたい！　青衣君も一緒に見ようよ！」

こんな風に屈託のない笑顔を向けられると、頬が熱を持ってしまう。

こうして恵比寿駅に戻り、駅前のビルで、亜鳥がもともと見る予定だった雑貨屋と、引き寄せられるように入った本屋を見て回る。

話が尽きないままビルを出ると、時間は十六時を回っていた。亜鳥は夕方には帰ると言っていたから、そろそろお別れの時間だ。

「あー、楽しかった！　青衣君、今日は本当にありがとね」

改札の少し手前にある自販機の前で、亜鳥は伸びをする。眉をクッと上げたその表情は満足げだ。その横顔を見ながら、僕は頭の中で彼女のことを考えていた。

今日のことも、亜鳥はいつか忘れてしまうのだろうか。彼女の言う、「大切な人との楽しい、嬉しい記憶が消える」という言葉が脳内にリフレインする。僕と一緒に過ごしたこの時間を少しでも楽しいと思ってくれたなら、残念だけど記憶からは消えてしまうのだろう。

それは悲しいことかもしれないけど、でも、僕は知っている。亜鳥が今日、六月十五日、恵比寿でパンケーキを食べて満面の笑みを浮かべたこと、写真展を観て感動していたこと、雑貨屋で一緒にかわいいインテリアを見てはしゃいだことを、僕は全部覚えている。

だったら、それで十分だ。たとえ二人で振り返ることができなくても、彼女は確かに楽しんでいたと、いつでも僕が思い出して、亜鳥に話してあげることができるんだから。

僕の脳は、彼女に今の話をどう伝えようか、整理を始める。徐々に、彼女へ伝えたいメッセージが、輪郭《りんかく》を帯びていった。

「どしたの、青衣君？」

亜鳥が僕の顔をゆっくり覗き込みながら質問してきたので、僕はお返しとばかりに訊き返した。

「……亜鳥、今日、美術館でどんなところが楽しかった？　印象に残ってる写真とかある？」

「え、私？　そうだなあ……あの女の子の写真ももちろん好きだけど、アジアのおばあさんがタバコ吸ってる横顔の写真があったでしょ？　あの表情もすごく良かった。深く考えてるような感じもするし、ただただ疲れてる感じもするし、インパクトあったなあ」

「そっか。パンケーキは、トリプルベリーとメロンの、どっちが好きだった？」

「ううん、ベリーも捨てがたいけど、やっぱりメロンの方が好きだったかな！　でも青衣君、どうしてそんなこと訊くの？」

僕は彼女に、まとめ終わった言葉を口にした。

「亜鳥がさ、楽しいことを覚えきれない分、僕が覚えておこうと思って」

「え……」

彼女が、目を見開く。まるで時間が止まったように、僕と彼女の周りから音が逃げていく。

「例えるならさ、僕は亜鳥の、記憶のクラウドになりたいって思ってるんだ」

「クラウド……」

「ほら、スマホで写真撮ると、本体じゃなくてクラウドに保存される、みたいな機能あるでしょ？　ネットの雲の中にあるから、スマホ本体をなくしても、写真は残る。同じようにさ、亜鳥が僕と一緒に何かしたっていう記憶は、僕が全部脳内に保存してるから。必要なときに、いつでもその思い出を引っ張り出すよ」

黙っていた彼女は、そのまま瞬《まばた》きをする。その瞳は次第に潤《うる》んできて、やがてポタリと、涙をこぼした。

「あり……がと……そうやって言ってくれるの、すごく嬉しい」

泣きながらお礼を言う彼女に、僕は一つの提案をした。

「あのさ、僕のスマホで、二人の写真撮ってもいい？」

「え……いいけど、どしたの？」

「美術館でさ、写真撮らないって言ってたでしょ？　自分はそれを覚えてないからって。でも僕にとってはすごく思い出になる日だし、もし亜鳥がその写真を見たいって言ったときに見せてあげられるようにさ」

「そっか」

涙を拭いながら、彼女は少し伏し目がちに考えるような仕草を見せる。今まで撮ってこなかったんだし、迷うのは当然だろう。

「亜鳥、ちゃんと考えた方がいいなら、次の機会でも——」

「ううん、撮って」

「そっか、じゃあ撮らせてね」

彼女は、赤い目のまま、ニッコリと笑った。

「私にとっても思い出になる日だから！　青衣君と一緒なら撮りたいし！」

二人で並んで、スマホの液晶をこっちに向けたまま手を伸ばす。

「あっ、私ちょっと見切れてるね。これでどうかな？」

「うん……あ、収まった、ね」

うまく画角に入るよう、急に亜鳥が体を寄せてきて、全身が心臓になったように鼓動が速まり、言葉もしどろもどろになる。

「はい、チーズ」

カシャッという音と共に、ツーショットがスマホに残った。

「どれどれ、見せて！」

「ほら、これだよ。僕、変な顔だな」

「うわっ、私も完全に泣いた後ってバレちゃう」

亜鳥は赤い目で、僕はぎこちない顔で笑っている。どう見ても美術館には飾ってもらえないような写真だったけど、僕にとっては宝物だった。

「青衣君、本当にありがとうね……色々考えてくれて嬉しい……」

また泣き出してしまった亜鳥に、僕は「ううん」と首を振る。

「だからこれからも、色々聞かせてね。写真も撮るから」

「うん……ありがとう……」

何度も頷きながら、亜鳥が両手で自分の目を押さえる。

駅前でこんな光景、周りから見たら別れ話をしてるカップルみたいに思われるかもしれないけど、不思議と人目は気にならない。伝えたいことが、まっすぐに彼女の心に届いた。そう思うと、僕まで涙が感染《うつ》りそうだった。

第四章　今よりもっと近い距離で

「青衣君、おはよ！」

「亜鳥、おはよう」

久しぶりに教室で会った亜鳥に挨拶する。

亜鳥と初めて遊びに行ってから二ヶ月半。季節はすっかり初夏から盛夏を経て、残暑に移り変わった。待ちに待っていた夏休みはあっという間に終わってしまい、今日は始業式だ。

「久しぶりだね！」

そう言った後、亜鳥は目の前の僕に少しだけ顔を寄せて、耳打ちした。

「ってほどでもないけど」

「だね」

彼女と目が合って、ほぼ同時に噴き出す。

二人だけの秘密を共有するのは、ほんの少しだけ悪いことをしているみたいで楽しい。一学期から仲良く話していたとはいえ、周りのクラスメイトも、僕たちの関係をやや不思議に思っているようだ。

「二人さ、仲いいよね！　なになに、そういう仲なの？」

クラスメイトの初矢《はつや》君が訊いてきたのを、やんわり躱《かわ》すように答える。

「そんなことないよ。気が合うってだけ」

そしてもう一度横にいた彼女と顔を見合わせ、「夏休みのことは内緒だね」という無言のアイコンタクトをした。

夏休み中も、僕と亜鳥は週に一回くらいのペースで二人で遊びに出かけた。

お互い気になっていた映画を観に行ったり、アジアンスイーツを食べに行ったり、先週も彼女の新しい夏服を買いに行ったりした。どれも近場の外出だったけど、だからこそ気軽に誘えたし、電車の移動中の会話もちょっとしたハプニングも、全部が楽しくて笑いながら過ごしていた。

「青衣君、これ見て！」

体育館での始業式と教室でのホームルームが終わった後、帰ろうとした僕を亜鳥が呼び止める。手に持っていたのは、ノックの部分にうさぎの人形がついた、青いボールペンだった。

「あ、この前買ったペンだね」

「そうそう、気に入っちゃってさ、うちのペンケースのレギュラー入りだよ！」

「ペンケースのレギュラーって何？」

自慢げに話す彼女に、笑いながら訊く。

先々週、遊んだときに文房具の店に寄り、亜鳥が一目惚《ぼ》れして買ったボールペンで、彼女はすごく気に入っていた様子だった。

「どう、青衣君、かわいくない？」

「ううん、あのときも言ったけど、僕はあんまり」

「えーっ、なんで！」

トントンと腕を小突いてきた亜鳥が、もう一度ペンを見せてくれた。

ノック部分のうさぎの人形が、ちっともキャラクターっぽいものじゃないのが気になる。

「頭身のサイズがすごく人間っぽいじゃん。なんか、着ぐるみみたいで」

「いやいや、そこがいいんでしょ？　なんか、人間らしさのあるうさぎとか、想像するとちょっと面白くない？　眠い目擦《こす》って学校行ったり」

「うん、それはちょっと面白いかも」

人間サイズのうさぎが、あくびしながら自転車に乗って駅へ向かうところを想像して、つい笑ってしまう。

「でもそれじゃあ、かわいいじゃなくて面白いだね」

「そっかあ、よし、今度青衣君にも同じうさぎのグッズ買ってあげるよ！」

「いやいや、僕はもっとかわいいのが欲しい」

こうやって、二人で過ごしたときの出来事が学校内の日常に繋がっていくのは、彼女との日々の面積が広がっているような気になって嬉しかった。

「そう言えば、この前ＳＮＳでバズってたヨーグルトアイス、すっごく美味しかった。どのコンビニでも売ってるみたいだよ！」

「そうなんだ、今度見てみるよ」

廊下に出て一緒に靴箱に向かいながらこうして雑談していると、当たり前のことに改めて気付かされる。

亜鳥は、普通の女の子だ。

ファッションに興味があって、お気に入りのアーティストがいて、でも家で流し聞きするときはヒット曲のプレイリストを流していて、アイスとビターチョコと甘すぎない炭酸が好きで、ゴーヤと肉の脂身が苦手な、クラスでもみんなと仲良くしている、どこまでも普通の女子高生。

ただちょっと、記憶が欠けてしまうだけ。それさえなければ、彼女も不安なく、クラスでもっと弾《はじ》けていたかもしれない。ただ、その記憶の欠落があったからこそ僕は彼女と友達になることができたのだから、ひどい言い方かもしれないけど、「病気のおかげ」とも言える。

病気がない方がいいに決まってるけど、それでも……と複雑な思いを飲み込んでは消化不良の溜息を吐《っ》いてしまう。

「ねえねえ、次はどこに遊びに行こっか！」

「確かに、また予定決めたいよね。文化祭の準備が忙しくなる前に」

「あー、そうだった！」

文化祭は来月。クラスでも少しずつ担当決めなどの会議が始まってきた。

「でも、占い喫茶でしょ？ 占いは得意な人がやるだろうし、食事も出来合いのものか、簡単な調理するだけのものにするって言ってたから、装飾や衣装担当にならなければそこまでバタバタにはならないと思うけどね」

「うん、そうだね。青衣君、一緒に楽な仕事選ぼうね！」

じりじりと陽光に照らされたアスファルトを踏みながら、駅に向かう大通りを歩く。

依然として「残暑」なんて言葉では足りないほどの暑さのせいで、道行く人はみんな、日傘やハンカチを手放せずにいた。

「亜鳥は、行きたいところある？」

「ううん……そうだなあ……」

彼女はカバンを持ち上げて肩に掛け直し、右手のグーを口に当てて悩む。

「あっ、そうだ」

やがて、良い候補を思いついたのか、楽しそうに唇をむにむにさせながら、真横の僕に視線を向けた。

「恵比寿にさ、写真美術館っていうのがあるの！」

その瞬間、思わず足を止める。

「え……」

口からひとりでに声が漏れる。あんなに暑かったのに、アスファルトから昇ってくる熱すら、感じなくなる。

「絵じゃなくて写真専門の美術館なの。うちのリビングに小物を置けるスペースがあるんだけど、そこにポストカードが飾ってあってさ。写真の下に小さく、写真美術館のロゴが入ってるんだよね。病気になる前に家族で一度行ってるんだけど、母親が飾ってくれたのかなあ。それ見てたら行きたくなっちゃってさ」

ポストカード。きっとそれは、僕が贈ったものだろう。

「時期によって企画展が変わるから面白そうなんだよね。今月は何やってるのかな……」

鼻歌交じりにスマホで調べだした彼女に、僕は一つだけ訊いてみた。

「恵比寿かあ。オススメのパンケーキの店あるんだけど、行ってみない？」

「わっ、ホント？　行ってみたい！　青衣君、そういうの詳しいんだ！」

亜鳥はご機嫌にスマホの画面を見せてきて「ほら、『動物のいる景色』だって、面白そうじゃない？」と企画展を紹介してくれた。

正直なことを言えば、これだけ一緒にいてもまだ、彼女の病気のことに実感が持ちきれずにいた。信じたくなかった、と言った方が正しいかもしれない。

一年生のときに全員で美術館に行ったことなんかも覚えてなかったけど、自分が一緒のクラスで経験したものじゃないから、どこか遠い話を聞いているようだった。忘れたフリだと言われたら、むしろ「じゃあ病気は嘘《うそ》なんだね、良かった」と言ってしまいそうな、脆《もろ》いものだった。

でも、はっきりと分かってしまった。本当だった。本当に、記憶が抜け落ちてしまうのだ。思えば、彼女と一緒に恵比寿に行ったのは二ヶ月半前。彼女が「二ヶ月くらいで忘れるみたい」と言っていた、その通りになった。

心の準備があったから過度に落ち込むことはないし、「なんで忘れてるの」なんて怒りを覚えることもない。それでも、寂寥感《せきりょうかん》が胸に去来する。一緒に分け合っていた宝物の片方が消えてしまったよう。

「ねえ、青衣君？」

「……あ、ごめん、どしたの？」

少し物思いに耽《ふけ》っていた僕の顔を、亜鳥が少しイタズラっぽい表情で覗き込む。

「美術館、一緒に行ったことあるんじゃない？」

「あ……」

図星、という表情をした時点でもはや自白したも同然の僕に、彼女は表情を崩さずに続けた。

「青衣君と六月から友達になったっていうことは覚えてるの。ずっと一緒にいるけど、夏休みに遊んだ記憶とか、夏服買いに行ったことくらいしか覚えてないんだよね。だから、その前に実際はもっとたくさん楽しいことがあったんじゃないかなって思ってて。それで今の表情見てたら、ピンときちゃった」

僕が亜鳥のクラウドになる、なんて宣言をしたけど、実際にこうして忘れてしまった彼女と相対すると気後《きおく》れしてしまっている。言わない方がいいんじゃないか、その方が彼女も傷つかないいんじゃないいか。そう考えていた僕に、彼女は予想外の言葉を投げかけてきた。

「私、知りたいんだあ。知ったところで、思い出自体はもうないから『あー、あったあった！』みたいなことにはならないんだけどさ。でも……嬉しいでしょ？」

「嬉しい？　消えたことが？」

違うよ、と穏やかな表情で、彼女は首を横に振る。日差しが彼女の髪に当たって、光のバレッタを作った。

「私たちの間に、そういう思い出がたくさんあることが。自分の中では消えて、もう二度と取り出せなくても、青衣君と過ごした時間がいっぱいあったんだ、って思えるのは嬉しいなって思って」

「そっか……確かに、そうかもね」

僕が想像もしてなかった考えに、内心驚いていた。なくしてしまったことを悲しむのではなく、「あったこと」を慈《いつく》しむ。だからこそ、亜鳥はこんな状況でも明るくいられる。そう改めて気付いたとき、彼女の笑顔が堪らなく魅力的に見えた。

そう、僕は亜鳥と約束したんだった。ちゃんと共有しなきゃ。

「うん、ちゃんと教えるよ。僕、亜鳥のクラウドだからね」

「クラウド？」

「そう、亜鳥の忘れたことをちゃんと覚えておいて、いつでも教えてあげるって約束したんだ。でも、実際にその場面になったら、ちょっと戸惑っちゃって……ごめん」

僕が頭を下げると、彼女は小さく首を振った。

「ううん、そんな約束してくれてたんだ、ってドキドキしちゃった。ありがとう。

じゃあ、青衣君しか知らないこと、ちゃんと教えてもらおうかな！」

もう大丈夫。迷わずに、怖がらずに、伝えられる。

「うん、分かった。写真美術館はね、六月に一緒に行ってるんだ」

「やっぱり！　そうなんだあ。えっ、じゃあリビングのあのポストカードって私が飾ったんだ！　うわあ、そっかあ、飾ってたときも楽しかったんだろうなー！」

「でもさ、企画展も違うし、もう一回行こうよ。僕も前回行ってすごく楽しかったから、また行きたいと思ってたんだ」

「そうなの？　じゃあ、うん、一緒に行こう！」

彼女に伝えたことは、決して嘘じゃなかった。

美術館に行けるはもちろん、亜鳥と一緒に過ごせるのが嬉しい。いつの間にか、彼女との時間が楽しみになっていた。

「ちなみに、さっき話した恵比寿のパンケーキ屋さんも、そのときに一緒に行ったんだよ」

「えーっ、覚えてない！　私、パンケーキ大好きなのに！」

「うん、あの日もそうやって言ってた。でもそのとき話したんだよ。亜鳥が忘れちゃっても、また食べに行こうって。あのとき亜鳥はメロンのパンケーキを食べてたけど、今はきっと別の――」

「待って待って、メロンのなんて食べたんだ！　うわあ、六月の私、ズルいなあ！　じゃあ九月は何だろう、シャインマスカットとかかな？　ねえねえ、青衣君はどんなパンケーキ食べたの？」

「僕はトリプルベリーだけど、それも亜鳥が——」

僕が話す、君の知らない君の記憶で、君が笑う。悲しいはずの出来事も、彼女のおかげで新鮮な幸福感に包まれた。

＊＊＊

「あっ、青衣君！　お待たせ！」

「ううん、大丈夫。僕もちょうど着いたところだから」

九月十四日、土曜日。僕たちは三ヶ月前と同じように、午前中のうちに恵比寿駅に集合した。台風が来たことで太陽もさすがに引き際を悟ったのか、夏の気候は少しずつ収まり、乾いた空気から秋の気配が漂っている。

「じゃあ、早速行こっか」

「うん、行こう行こう。私、お腹《なか》ペコペコ！　ふふっ、実は、お昼のために朝ごはん抜いてきたの！」

「また？　六月も抜いてたよ？」

「ええっ！　過去の私、やるなあ！」

ツッコミを入れながら、東口のロータリーを左手に見つつ、大きな交差点を渡っていく。以前も目にした、高級志向のハンバーガー店、老舗《しにせ》らしい和菓子の店を通り過ぎると、目印のコンビニが見えてきた。

街並みは三ヶ月前とそこまで変わらない。変わったとすれば、僕たちの装《よそお》い。亜鳥は白地に細い黒の横ストライプが入った、少し大きめのロングTシャツに、夏休みに買ったつばの広い黒ハット。ロングスカートのベージュや、小さいバッグのライトブラウンが、秋をイメージさせる。僕も、気温に合わせて調整できるよう、ライトグレーの薄手のシャツを羽織ってきていた。

「もうすぐ開店だよね？　うわー、楽しみ！」

「うん、今から並んでればすぐに店内入れるよ」

横断歩道を渡った向かいが、目的地のパンケーキのお店。前回は梅雨の時期の晴れ間だったなあと、少し懐かしい感じもする。

「ここかあ！　SNS映えしそうなお店だね！」

「うん。たまにお店の外観とパンケーキの写真、セットで投稿されてるよ」

僕の返事を聞きながら、亜鳥はご機嫌にお店の中をちらっと覗き込んだ。

欠片《かけら》、ほんの一欠片だけ、彼女が店の看板やメニューなどを見て、「あれ、ここって……？」と思い出す展開も想像した。

実際はそんなことはなかったけど、それならそれで構わない。新しい思い出として、彼女と積み重ねていけばいい。

「二名様、ご案内します」

開店後に、前回とは違う窓側のエリアの、前回と同じ四角いテーブル席に通された。奥にある、グレーでもネイビーでもない不思議のな色のソファーに座った彼女は、我慢できない様子でメニューを開く。

「スフレパンケーキ、クリームたっぷりで美味しそうだなあ。あ、このストロベリーチョコのパンケーキもすっごく良さそう！　季節のパンケーキは、と……うわっ、モンブランのパンケーキだって！　これは迷う！」

「ゆっくり迷っていいよ」

この前のトリプルベリーのパンケーキじゃなくて、今日はストロベリーチョコの方がお気に召したらしい。テストの選択問題で二択に迷っているときのように、真剣な表情で頭を抱えているのが可笑しくて、つい口元が綻《ほころ》んでしまう。

そして彼女は、ちらっと僕を見た後、意を決したようにキュッと口を結んだ。

「……ねえねえ、青衣君、お願いがあるんだけど……ストロベリーチョコかモンブラン、どっちか頼まない？」
「どっちか？」

「うん、そしたらシェアしたいなって。あ、もちろんモンブランが苦手だったり、他に食べたいものあったりしたら、無理しないでいいからね」

僕は、少し照れたような表情を浮かべている彼女をジッと見つめた後、「いいよ」と頷いた。

六月のあの時と、少しずつ、違っている。

お店を見たときのリアクションも違うし、食べたいと感じるパンケーキも違う。それに、前は僕の方からシェアするのを提案したけど、今回は彼女の方から言ってきた。僕と彼女の関係が前より親密になってるから、彼女からお願いできたんじゃないだろうか。

新しい彼女と、新しい経験ができる。それならやっぱり、何度だってここに来てもいい。きっとその度に、新鮮な楽しさに包まれる。

「どんなパンケーキか、楽しみだね！」

「うん、楽しみ。僕、モンブランのパンケーキなんて初めて食べるよ」

やがて運ばれてきた、まさにモンブランそのままのクリームが乗ったパンケーキを、二人で頬張る。「常連になっちゃうかもね」と笑いながらクリームを食べたらびっくりするくらい美味しくて、亜鳥とはしゃぎながらシェアしあった。

その後は、二人で東京都写真美術館に行った。三ヶ月ぶりに来たけど、六月の記憶がまざまざと浮かんでくる。

今回の企画展は「動物のいる景色」だ。動物一匹だけの写真や群れている写真、動物と人間が一緒に写っている写真がたくさん飾られている。公式サイトの企画紹介のページに可愛い動物の写真がたくさん載っていたせいか、この前の企画展より家族連れが多かった。

「このペンギンを下から撮った写真、いいなあ。お腹がかわいい！」

「確かに、かわいいね。ねえ、亜鳥、ちょっとこっち来てくれる？」

「えっ、なになに？」

写真を見上げて眺めている亜鳥の肩を叩き、隣のエリアへと連れていく。彼女が他の作品に夢中になっているうちに、ちょっと先を見に行っていた。

「これ、亜鳥が好きそうだなって」

「わっ、ありがとう。うん、これすごく好き」

それは、ニッコリ笑う少年と、笑っているように見える犬が一緒に映っている大きな写真だった。目の前に立ち、あの時見た写真を思い出す。

「青衣君、なんで私が好きって分かったの？」

「六月にここに来たときに、満面の笑みを浮かべてる女の子の写真があって、それを亜鳥がすごく気に入ってたんだよね。ほら、リビングに飾ってあるっていうポストカードの写真だよ」

その言葉を訊いて、亜鳥は「あっ、あの写真か！」と目を見開いた。

「だから、亜鳥はきっとこれも好きなんじゃないかなって」

「そっか、あの写真が好きだからポストカード買ったんだね。当時の私もなかなか見る目あるなあ」

「当時って三ヶ月前だけどね」

僕の返事に、彼女は「良いツッコミ！」と右手でオッケーマークを作った。

「ねえ、その時の私、なんて言ってたの？」

「んっとね、『この子はきっと、何年経っても、この写真のことを思い出すんだろうな』って話してたなあ」

「やっぱりそうなんだ！　私も今、同じようなこと思ってた。この男の子は、これを撮ってもらったときのことをずっと覚えてるんだろうなって」

僕が亜鳥に記憶を共有して、彼女は今の新鮮な経験と照らし合わせる。その不思議な体験がなんだか面白くて、僕たちは顔を見合わせて微笑みながら、順番に館内を回っていった。

「お土産、どうする？　ポストカード買う？」

「そっか、前回私ここで買ったんだね」

お土産コーナーに並べられた商品は、企画展ごとに入れ替えているので、ラインナップが変わっている。今回は展示されていた動物の写真のポストカードや、展示作品全体の図録が置かれていた。

「今日も買う？　これも家に飾ってみたらどうかな？」

「それもいいね！　どんどんリビングに増えていって、それ見るたびにまた来たくなっちゃうかも」

「そしたら毎回一緒に行くから大丈夫だよ」

結局、さっき見ていた、犬と少年の写真のポストカードを二人で買う。そして、前回と同じようにラッピングしてお互いに贈り合った。

「前回もこんなことしてたんだ。全然覚えてなくてごめんね」

しょげる彼女に、僕は「気にしないでいいよ」と首を振る。

「新しい写真見られて面白かったしね。この前調べたらさ、この美術館、大体一、二ヶ月で新しい企画展やるんだ。だから亜鳥が忘れちゃっても、毎回別の企画を見に来れるから、僕も楽しみだよ」

「そう言ってもらえると気が楽かも。青衣君、ありがとね」

彼女は口角を上げて嬉しそうな表情を見せる。何度見ても綺麗な顔で、心臓の鼓動が速まっていく。

僕は、亜鳥と一緒だからこそ何をしても楽しいんだ、と自身の気持ちに気付きつつあった。

＊＊＊

「谷崎、亜鳥から話聞いてるよ」

翌週の昼休み、自分の席にいると、杉畑さんに声をかけられる。

「谷崎と遊ぶの、楽しいって」

「そっか、良かった」

さっき廊下の方に出ていったから、亜鳥はいない。杉畑さんは、近くに誰もいないことを確認したうえで、僕の前の椅子に座って顔を寄せた。

「この前、その、またあの美術館に行ったんでしょ？」

言葉を選ぶように話す。切れ長な目が悲しそうに下がっていて、亜鳥や僕のことを心配していることが見て取れる。

「うん、行ったよ。でも、最初のときと違う企画展だったし、面白かったよ」

それを聞いた杉畑さんは、期待していた返事を聞いたかのように、満足そうに笑いながらゆっくりと頷いた。

「谷崎になら、任せても大丈夫そうだね。ごめんね、前に『生半可な気持ちでやらないで』なんて言って」

「ううん、杉畑さんの立場だったら、心配するの当然だと思うし」

「あ、名字、呼び捨てでいいよ。私も谷崎って呼んでるしね」

「じゃあ……杉畑、で」

彼女に促され、ぎこちなく答えると、彼女は「ありがと」と言いながら、手で外の方を示すように合図した。

「ちょっと、来てもらってもいい？」

そのまま、僕を教室横の階段の踊り場まで連れ出す。それは、前に彼女に釘を刺された場所だった。

「急にごめん。ちょっと場所移動したくて」

「大丈夫だよ。何か相談とか？」

「ううん、別にそういうのじゃないんだけど……もう谷崎には話してもいい気がしたっていうか、知っておいてほしくて」

彼女は俯き加減に笑った。その言葉は、お互い呼び捨てになった、更新されたばかりの距離感を免罪符にするかのよう。

「私さ、亜鳥から病気について聞いたとき、本当にびっくりしたんだよね。そんな症状があるんだって」

唐突に自分の話を始める杉畑。でもきっと、ずっと誰かに聞いてほしかったのだと分かったので、僕は何も言わずに静かに壁に背中を預ける。

「でも、気にしなかったんだ。亜鳥は小学校からの付き合いだし、過去のことは忘れても、どんどん新しい思い出作っていけばいいやって、そう思ってた。でも、中三のときに、ダメになっちゃったんだよね」

彼女は、辛そうな表情で、力なく俯きながら続ける。

「十二月の上旬だった。高校受験が近づいてて、お姉ちゃんもちょうど大学受験でさ。私自身もだけど、母親と父親が私以上にピリピリしてて。家の中がどんどん息苦しくなってたんだ。そのときも亜鳥とは息抜きだって言って定期的に遊んでたんだけど、九月に二人で電車で旅行したんだよね。コスモスが綺麗に咲いてる花畑があるってネットで見て。そのときのこと、話題に出したら、亜鳥忘れちゃっててさ」

当たり前なのにね、と彼女は顔を上げた。僕に顔を背けるようにしてるのは、少し赤くなってるように見える目を隠したいから、かもしれない。

「そう、当たり前だったんだよ。それまでもずっとそうだった。気にしないで流せば良かったのに。多分、家のことでストレスがピークだったんだよね。泣きながら大声出しちゃった。『なんで覚えてくれないの！』って」

「……そっか」

怒るのも、「仕方ないよ」と同情するのも違う気がして、僕は相槌を打ちながら右手で額を掻いた。

「その時の亜鳥の悲しそうな顔、今でも忘れられない。亜鳥が記憶を失くしたのがきっかけなのに、私は忘れたくても忘れられないなんて皮肉な話だよね。それからも亜鳥は私に普通に接してくれるけどさ、私はもう、亜鳥と楽しい思い出を作る資格はないいんじゃないかって、ずっと、ずっと……責めて、るんだ」

初めて三人で帰った日、亜鳥がみんなで遊びたいと言ったときに彼女が悲しそうな顔をしていたのは、こういう理由があったのか。

「ごめんね、谷崎。急に変な話、ごめん……」

ほぼ泣いているような杉畑の声を聞きながら、僕はなんて返せば良いか考える。

そして、伝えたいことを決めた後に、体ごと彼女の方を向いた。

「きっとさ、亜鳥は分かってくれたと思うよ。杉畑がたまたま怒っただけで、悪気はなかったって」

「……根拠は？」

「それは、ないけど」

「ないんだ」

僕の即答が少しだけ面白かったのか、彼女は泣き顔のままクックッと苦しそうに笑い声を漏らした。

「でも、絶対そうだと思うよ。杉畑がちゃんと亜鳥のこと守ってきたって亜鳥は分かってるはずだし。そのときは悲しかったかもしれないけど、恨んだりはしてないよ。だからこそ、今も友達なんだろうし」

「そっか……そうだといいなあ」

「杉畑は、謝りたいの？」

「亜鳥に？　そう、だね。機会があったらちゃんと謝りたいかな。なかなか勇気出ないけどね」

不安が拭えない表情でいる杉畑を見て、お節介に違いないけど、僕は一つの決心をした。

「杉畑、ちょっとここで待っててね」

「え？」

「すぐ戻るから」

そう言って、僕は教室へ戻り、そして友達と話していた亜鳥に声をかける。

そして、彼女を引き連れて、踊り場まで戻った。

「あれ？　十彩ちゃん？」

「えっ、亜鳥、ちょっ……」

動揺する杉畑。あまりここで真剣に話し込むのも良くないかとも考えたけど、この勢いのままじゃないと杉畑が話しづらいだろうと思い、留まったまま口を開く。

「杉畑、さっきのこと、話してあげなよ」

それを聞いた彼女は、狼狽《ろうばい》した様子で目を丸くした。

「でも……」

「ごめんね、杉畑。余計なことだって分かってるんだけど、こうやって仲介しないと、ちゃんと話せる機会ないいんじゃないかなって思って」

僅かばかり微笑んだまま、亜鳥はきょとんとしている。杉畑はそんな彼女を見た後、僕に視線を戻した。

「ううん、ありがと。ここまでお膳《ぜん》立てしてもらったら、私が頑張るしかないね」

そう言って彼女は、亜鳥に向き合う。

「亜鳥、あのね、ずっと謝りたかったことがあるの。中三の十二月に、二人で旅行したことを亜鳥が忘れてたことがあって。それに対して、『なんで覚えてくれないの！』って怒っちゃったでしょ」

「……うん」

亜鳥も思い出したようで、静かに頷く。悲しい思い出だったから、きちんと覚えているのだろう。

「私、亜鳥の病気も、亜鳥が辛いことも分かってたはずなのに、受験とかしんどくて、つい当たっちゃって……ごめんね。本当に、ごめんなさい……っ！」

もう一度泣きながら、杉畑は大きく頭を下げた。肩を震わせている杉畑。その肩に、亜鳥は優しく触れる。

「大丈夫だよ！　私こそ、忘れちゃっててごめんね」

「違うの！　亜鳥は悪くないの！」

「ううん、私だって謝らせて！」

そう叫んで、頭を上げた杉畑の両手をグッと掴む。

「いつも十彩ちゃんが遊んでくれて嬉しいよ。それを忘れちゃって、十彩ちゃんだって絶対辛かったと思う。ごめんねっていつも思ってるよ。でもね、それでも、いつも教室で私のことフォローしてくれて、すごく助かってるの。十彩ちゃんが守ってくれてるから、私は今クラスで元気に過ごせてるんだよ。本当にありがとう。だから、これからも……仲良くしてね……っ!」

「うん……亜鳥……ありがと」

抱きつく亜鳥の背中に、ゆっくりと杉畑が手を回す。強い絆《きずな》で結ばれている二人が、少し羨《うらや》ましくなる。

「ありがとね、谷崎。びっくりしたけど、ちゃんと言えて良かった」

「ううん、僕はきっかけを作っただけだから。頑張ったのは杉畑だしね」

ポケットから出したハンカチで、杉畑は目元を押さえた。スッキリしたのだろう、その表情は、清々しさに満ちている。そして、僕のそばまで来て、亜鳥に聞こえないボリュームで話しかけた。

「谷崎はさ、もっと、亜鳥との思い出作ってあげて。できたら、今よりもっと近い距離で。亜鳥がいっぱい忘れても、満たしてあげて」

「うん、そうするよ」

「あーっ! なんか二人でナイショの話してる!」

「ううん、大したことじゃないよ」

「そうそう、亜鳥の誕生日プレゼントどうしようかなって、谷崎と悩んでただけ」

「ホントかなあ? ねえねえ、十彩ちゃん、プレゼントと言えばさ……」

二人で亜鳥をからかいながら、階段を上っていく。僕の三段上で話す亜鳥と杉畑はすごく楽しそうで、やっぱりこの二人は親友なんだなと微笑ましくなった。

＊＊＊

「うん、すぐ準備するから待ってて！」

杉畑と話した翌週の放課後。二回連続の三連休も終わり、来月の文化祭の準備が少しずつ始まっている。

とはいえ、クラスの出し物である「占い喫茶」で、当日の調理・接客スタッフ以外の仕事として、ビラやポスターを担当する一番暇な広報係になった僕と亜鳥は、まだ祭の足音も聞こえないまま穏やかな日々を過ごしていた。

「文化祭まであっという間だなあ」

「分かる、九月の頭に喫茶店って決めてたのが懐かしいもん。そういえば知ってる？十彩ちゃんのタロットの話」

「ううん、知らない」

「占い師役の人数が足りなくて、『杉畑さん、それっぽいし』ってことで十彩ちゃんがタロット占いやることになったでしょ？　毎日練習してるんだけど、うまくできるか不安で、ちゃんと成功しそうかタロットで占ってるんだって！」

「早速タロット占いが役に立ってる！」

二人で笑い合いながら、靴を履いて校舎を出た。


来月になったらいよいよ本格的に秋になる。文化祭やハロウィーンを過ごすうちに肌寒い晩秋になり、冬の入り口に突入するのだろう。一年は早い。もう少しゆっくり高校生をしていたい僕の気持ちなんかどこ吹く風で、カレンダーがどんどん捲《めく》られていく。


「あっ、青衣君、あれ見て。『劇場版サラリードクター』の最終章、七月からやってたんだ。ロングラン上映中だって」

コンビニの窓に貼られたポスターを指差す亜鳥。人気俳優が会社員あがりの型破りな医者を演じる人気シリーズだ。

「これ、観に行きたい！　ちょっと贅沢《ぜいたく》してポップコーンも食べたいなあ。あ、もちろん青衣君と分けるよ！」

「亜鳥、言っとくけど、僕は甘いポップコーンは苦手だからね」

「えー、なんで！　あんなに美味しいのに！」

頬《ふく》を膨らませる亜鳥に向かって、僕は噴き出しそうになるのを堪える。「どうしたの？」と不思議そうな顔をしている彼女に、僕は笑いながら種明かしした。

「実は七月に一緒に映画に行ったんだけどね。バターしょうゆ味のポップコーンを買おうとしたら、亜鳥が『映画のときはキャラメル味一択！』って譲らなくて軽く言い合いになったんだよ」

「ええっ、そうだったんだ！　うわあ、全然覚えてないや」

「それで亜鳥さん、今の話を踏まえて、何味にしますか？」

「もちろん、キャラメル一択！」

「なんで！」

他愛もない会話をしつつ、僕は亜鳥に、ずっと言おうと思っていた大事なことを伝えようと、心の準備を始める。

今が切り出すチャンスと思ったら車のクラクションに邪魔され、今度こそと思うと横を中学生が走っていって、大事な話をしたいのに邪魔が入る。

緊張から来る軽い苛《いら》立ちで、左腕を少しだけ指で叩いた。成功に困難はつきもの、なんて言葉を思い出し、焦るなと自分自身に言い聞かせる。

「あー、お腹空いたね。食欲の秋だ！　青衣君の家は、今日の夜ご飯は何食べるの？」

「ああ、なんだったかな……焼き芋とか？」

「え、夜ご飯に！」

「あ、違うね、分かんないや」

気もそぞろで、会話がちぐはぐになってしまった。会話の流れも大事なので、反省して、彼女と話すことに集中する。

「じゃあ亜鳥、映画いつ行こっか」

「あ、そのことなんだけどさ。気になったから、一つだけ訊いてもいい？」

「うん、どしたの？」

「さっき、七月に映画観に行ったって言ってたでしょ？　それって、ひょっとして『サラリードクター』なんじゃないの……？」

「ん……」

勘が鋭い。僕が反応に困っていると、彼女は「やっぱり」と小さく頷いた。当たった彼女に向かって拍手するように、風を受けてアスファルトを走る落ち葉がカサカサ音を立てる。

「そしたらさ、違うの観に行こうよ。」

「ううん、亜鳥が観たいものを僕も観たいな」

「え、どうして？　青衣君、同じの観てもつまらないでしょ？」

そう問いかける彼女に、僕は「そんなことないよ」と首を振った。

「面白い映画は何回観ても面白いよ。それに、亜鳥の感想も聞きたい。七月に観たときと同じ部分もあるだろうけど、ちょっと違う感想を持ったりすることもあると思うんだよね。それで僕の方から、亜鳥が七月に観たときはなんて言ってたか話して答え合わせするのも楽しいなって」

「確かに、それは楽しいかもしれないけど……」

「それって、前と同じことするからこそできることでしょ？　僕は、そうやって一緒に過ごすのが楽しいんだよ。亜鳥と一緒だから楽しいんだ」

「そっか。じゃあ、観に行きたいな。青衣君と観に行きたい」

ふと、この流れで伝えればいいんじゃないか、と思った。

気付かれないように深呼吸して、肩の力を抜く。

「……あのさ、亜鳥」

「青衣君、どしたの？」

立ち止まって、自分の手を何度も握る。汗が消えないし、スポーツドリンクを幾ら飲んでも足りそうにないくらい喉がカラカラだった。

でも、あとはもう伝えるだけ。ずっと頭に描いてたことを口にするだけだ。

「僕、その……亜鳥のことが……好きなんだ」

「えっ」

亜鳥は、まっすぐに僕を見たまま、口を開けて固まった。

彼女を見ながら、僕は杉畑に言われたことを思い出す。

『もっと、亜鳥との思い出作ってあげて。できたら、今よりもっと近い距離で』

彼女の言っていた意味がこういうことかは分からない。でも、自分の中ではとっくに心は決まっていた。


「はじめは、友達になろうって話だったと思うんだ。それで、僕もそのつもりだったんだけど……一緒に遊んでるうちに、どんどん、亜鳥との時間が楽しくなって、惹かれていったんだ。だから、もし亜鳥がよければ、もっと近い関係で、これからも一緒に思い出を作りたくて」

「青衣君……」

脳内のシミュレーションではもっとスムーズに告白してたんだけど、現実は随分冴《さ》えない。それでも、精一杯想いを伝える。

しばしの静寂の後、亜鳥はスッと目を逸《そ》らした。

「気持ち、すごく嬉しい。ありがとう。でも私、今日のことも全部忘れるかもしれないでしょ？　そう思ったら、怖くて……」

悲鳴をあげるような風が体を撫でる。彼女の後ろ髪が静かに揺れた。

「それなら大丈夫だよ」

「大丈夫って……？」

「ほら、僕はクラウドだから。この告白をいつか君が忘れても、恥ずかしいけど、何度でも同じことを言うよ」

「あり……がと……」

彼女がはなをすする。溢《あふ》れた涙が頬を伝って、ぽたりと地面に落ちた。

「だから、付き合ってください。お願いします」

その場で頭を下げる。通りで不自然に立ち止まっているけど、そんなことは告白の前ではちっとも大した問題じゃなかった。

言いたい言葉は全部彼女に伝えたけど、それでも断られたらどうしよう、と不安が渦巻く。もう、これまでみたいには遊べないのかな。

でも、だったら言わない方が良かったか、と考えるとそれもイヤだった。もう、亜鳥への気持ちを抑えることなんてできなかった。

僕がおそるおそる顔を上げると、彼女は変わらず、目尻に涙を浮かべている。目を真っ赤にしているけど、口元は優しい笑みを湛えていた。

「ありがとう。一つだけ、さっきのこと、約束して。私、嬉しすぎて絶対に忘れちゃうから、何回でも繰り返し、今日のこと教えてね！」

「うん、約束するよ」

僕が小指を差し出すと、彼女は「なんか照れるなあ」と言いながら恥ずかしげに小指を出してくれた。

そして友達になったときと同じように、指切りをする。きっとあの日のことは忘れてしまっている、亜鳥と。

「じゃあ……こちらこそ、よろしくお願いします。私も、青衣君のこと好きだよ！」

そう言われた瞬間、全身がふわふわしてしまって、目も潤んでしまって、うまく焦点が合わない。

目を逸らした後に横目で亜鳥を見ると、彼女も頬を赤くして笑いながら、鼻の頭を掻いていた。

「なんか、体の力が抜けたよ。告白なんて、したこともされたこともなかったから」

「えっ、そうなんだ！　じゃあ青衣君、ずっと片思いばっかりしてたの？」

「というより……好きになったのも初めてかな。幼稚園のときとかは気になる子がいたような気もするけど」

ふうん、と亜鳥はにまにましている。

「じゃあ、私が初恋みたいなものだね！」

その単語が頭の中で優しく、綺麗に響いて、僕もそっくりそのまま返してみる。

「そうだね、初恋みたいなものだよ」

君が初めての相手なら、こんなに嬉しいことはない。

「亜鳥、良い返事くれてありがとう」

「ううん、青衣君も、好きになってくれてありがとう」

自分が好きになった人が、自分のことを好きだと言ってくれた。その幸運に体が内側から熱くなり、そんな僕を冷ますように、秋らしい風が吹いてくる。

こうして九月二十五日の水曜日、僕は亜鳥と付き合うことになった。

第五章　積み重ねた先に

「あ、青衣君、あそこだよ、水族館！」

ＪＲや京急線を乗り継ぎ、横浜の八景島駅から徒歩で数分、亜鳥が真正面の建物を指さした。

「着いた着いた。結構電車乗ったね」

「ね、思ったより遠かった！」

電車でも一部座れない区間もあったけど、館内に入ったらまたしばらく歩きどおしになるだろう。入り口の前のベンチで少しだけ休み、ペットボトルのお茶を口にしながら、僕は横でショーの時間を調べている亜鳥を見つめた。

十月五日、土曜日。今日はデートの日。

文化祭は来週末なので、占い喫茶の準備も佳境に入っているけど、今日は完全なオフだ。

連日夜遅くまで作業したり、サボってる人を注意してケンカしたりといった眩しいアオハルは経験していない。でも、僕も亜鳥も必要なビラもポスターも作り終わったので、たまに頼まれたら他の係の作業を手伝って、何もなければ一緒に帰って道草でカフェに寄る。そんな、背伸びをしない等身大の高校生活を楽しんでいた。

「なんかさ、嬉しいなあ」

「何が？」

「青衣君と水族館来れるの。いつか行ってみたいって思ってたんだよね」

彼女はおもちゃ売り場に連れてきてもらった子どものように目をキラキラさせて、目の前の建物の方を向く。

それなら良かった。僕も、来たいと思ってたから。

付き合ってからは、毎日のように朝晩メッセージでやりとりしたり、寝る前に通話したりするようになったけど、出かけるのは今日が初めてだ。

なんとなく僕の中では、映画まではギリギリ友達同士でもオッケーだけど、テーマパークや水族館は彼氏・彼女の関係じゃないと誘えないようなイメージだったから、今回初めて誘ってみた。

「よし、入ろっか」

「そうだね。青衣君、何が見たいの？」

「やっぱり大水槽が気になるなあ」

「分かる、私も！」

二人で少し駆け足になりながら、水族館の入り口へと向かった。

「わっ、すっごく混んでる」

「さすが人気の場所だなあ」

この水族館は、たくさんの魚が泳いでいるエリアの他に、南極に暮らす動物のエリア、深海魚のエリアなど、幾つものゾーンに分かれている。さすが関東最大級と謳《うた》っているだけあって、館内はカップルや家族連れで大賑わいだった。

「うわっ、すっごくキレイ！」

並んだ水槽に群れて泳ぐ魚を、亜鳥が水槽に顔を近づけてじっくり見る。

キイロハギ、カクレクマノミ、チンアナゴ……一つ一つは小さく目立たない生き物でも、綺麗にライトで照らされた水槽の中で泳ぐことで、水中に描かれたアートのようにも映った。

「あそこが次のエリアの入り口だね」

「あ、でも青衣君、ちょっと待って。ちょうどイルカショーが始まるから、そっち先に行こうよ！」

こっちだよ、と言って案内してくれる亜鳥の後ろをついていった。こうやって子どもっぽくはしゃいでいるところが、とても可愛い。

少し歩いてショーの会場に着くと、もう三、四割の席が埋まっていた。

「前の席、水しぶきで濡《ぬ》れることもあるから注意して、だって」

「どうする、亜鳥。後ろにする？」

僕の質問に、彼女は「ふっふっふ」と首を横に振る。

「青衣君、私がこういうとき、どこに座るか分かるでしょ？」

「もちろん、前だよね」

「ご名答！」

亜鳥は意気揚々と通路を進んで最前列に座り、僕はその隣に腰を下ろす。彼女は絶対に前に座るだろうと分かっていて訊いてみる。そのやりとりが楽しくて、愛おしかった。

『それでは、早速ショーを始めていきましょう！』

司会のアナウンスを受けて、満員になった客席から拍手が沸き起こる。

「わっ、見て、青衣君！　ペンギンかわいい！　私も飼いたいなあ」

「亜鳥、本気で言ってそうなんだよね」

「そうだよ、本気！　お風呂なら飼えるのかなあ」

瞳を輝かせながら動物たちの演技に釘づけになっている亜鳥をちらちら見ながら、僕も一緒にパフォーマンスを見る。

ペンギンが歩く姿も、セイウチが踊る姿も愛くるしかったけど、目を奪われたのは会場の演出だった。

会場の中央上部に、十本以上の噴水装置が取りつけられていて、そのアームがバラバラに動きながら水を放射することで、三六〇度さまざまな形でプールに水が降り注ぐ。さらにそこに照明やスモークが当たるので、水というより絵の具が飛び散っているようなカラフルなショーになっていた。

そしていよいよプログラムの目玉、イルカのジャンプだ。

「青衣君、濡れるかもだって、楽しみだね」

「まあ、そんなには濡れないと思うけど……」

『では、大ジャンプ行きますよ！　いち、にの、さんっ！』

バシャッ！

「うわっ！」

新入りのイルカが着水に失敗し、お腹から落ちたらしい。テーマパークのアトラクションかと思うほど大量の水しぶきが体に掛かる。レインコートなんて用意してないから当然びしょ濡れだ。

「亜鳥、すっごく濡れたね。大丈夫だっ……」

横を見ると、彼女は体を大きくこっちに寄せている。いつの間にか、僕の体の後ろに顔を隠すようにしていた。

「……ひょっとして、僕を盾《たて》にした？」

そう訊くと、彼女は可笑しそうに笑った。

「えへへっ、実際水が飛んできたら、濡れるのイヤだなって。いやあ、青衣君のおかげで顔と首は防げたよ。良かった良かった」

「良・く・な・い」

怒るように言った後、二人でタイミングを合わせたようにプッと噴き出す。

「まったく、最前列っていうから来たのに。しかも亜鳥、体は思いっきり濡れてるじゃん」

「そうなの、結局びしょ濡れだよ！」

彼女のブラウスも僕のシャツも、色が変わるほど濡れている。そのまま過ごしたら、風邪を引きそうだ。

結局、先にグッズコーナーに寄り、売っていたトレーナーを買って着替えることにした。僕は真ん中にシャチのイラストの描かれた水色のトレーナー、彼女はオットセイの描かれたピンクのトレーナーだ。お揃いはちょっと恥ずかしかったけど、彼女と一緒ならそれも良いと思えた。

「ねえ、青衣君、これも一緒に買おうよ！」

「キーホルダー、いいね。トレーナーと揃えよう」

僕はシャチ、彼女はオットセイのシルバーのキーホルダーも一緒に買う。小さな鈴が付いていて、歩く度にチリンと小さな音を立てた。

「ほら亜鳥、さっきのところに戻ってきたよ」

「ホントだ！　じゃあまた見て周っていこう！」

改めて本館に戻って歩いていく。少し先に見えてきたのは、この水族館の目玉とも言える、天井まで届く大水槽だ。

「青衣君、見て！　すごいすごい！　すっごく綺麗！」

目の前いっぱいに水槽が広がり、もはや自分が水中にいるような感覚に陥る。自然の海を再現した、と書かれている通り、五万尾のイワシが泳いでいるらしい。さまざまな形へと変化する群泳、そこに一緒にエイやサメも回遊する。水面が、昼間の陽光を受け、美しくキラキラと輝く。目の前を悠々と大きな魚が泳ぐと、見ている何人もの観客からも歓声があがった。

「なんか、すごいね。本当に水の中にいるみたいだ」

「分かる。水の中で呼吸できたらなあ。水槽の中に入って一日眺めてるのに」

小さな願いを口にしながら、亜鳥が僕の左横で水槽を見つめる。彼女の右手が、視界に入る。

脈が爆発してしまうんじゃないかと思うほど速くなって、彼女に聞こえないように静かに深呼吸する。

そしてゆっくりと、彼女の手に自分の左手を重ね合わせた。瞬間、彼女の温もりが伝わってきて、その熱が心臓を温めるように心音が加速していく。

「あっ、えっ」

動揺する亜鳥。でも、手は振りほどかず、そのままでいてくれる。

「……このままでもいい？」

「……うん」

少し力強く包むと、彼女は右手をくるっと反対に向け、僕の左手と指を絡めた。彼女と手を繋いでいる。その幸福感に、ほんの少し泣きそうになる。

「急にごめんね」

「ううん……嬉しかった」

彼女の方を見て、驚いた。僕よりも彼女の方が、泣き顔だった。

「亜鳥、どうし——」

「今日のこと、忘れたくない……忘れたくないよ……」

その言葉に、僕はハッとする。

考えてみれば当たり前のことだった。彼女にとっては、嬉しさと寂しさが同時にやってくる。

消えると分かっている思い出を、僕と積み重ねてくれている。普段人には見せないその悲しみに、きちんと向き合ってあげたかった。

「ねえ、亜鳥。このまま、写真撮っていい？」

「え、このまま？」

「うん。今日の思い出だっていつだって話してあげられるけど、これは写真で残したいなって。もし亜鳥が見たいって言ったら、見せてあげられるように」

スマホを取り出し、カメラを起動しようとして、押しつけになってないかが気になった。手を繋いだままなんて、恥ずかしいかもしれない。

やがて、亜鳥は、優しく微笑んだ。

「うん、撮って。青衣君に撮ってほしい。このまま、残しておいて」

「分かった。じゃあ撮るね」

二人並び、指を絡めたまま、水槽をバックにシャッターを切る。

「わっ、暗いね」

「うん、でも表情は見えるから、大丈夫」

暗い館内のせいで、僕たちの顔も青くなってしまっているけど、僕の照れた顔も、亜鳥の嬉しそうな顔もしっかり写っていて、見ているだけで心の中がじんわり温かくなる。

「青衣君。私、今日来れて良かった」

「うん、僕もだよ」

スマホをポケットにしまい、彼女の手をギュッと強く握る。

ずっと行きたいと思っていた水族館で、最高の思い出を切り取ることができた。

「あー、楽しかった！　青衣君、連れてきてくれてありがとう！」

水族館を出て上機嫌にスキップをしていた亜鳥は、隣の建物を前にして不意に足を止めた。

「青衣君、ここは何？」

「ああ、イルカが泳いでるトンネル型の水槽だよ。魚の群れもいるみたいだね」

「ええっ、そんなのあったんだ！　知らなかった！　うわあ、行きたかったなあ」

今日は時間の関係で、これから寄るのは難しそうだ。

「青衣君、次来たときに絶対行こうね！」

「そうだね、また来よう」

「うん、約束ね！」

楽しそうに駅に向かう彼女を、僕は「亜鳥」と呼び止めた。

「どしたの？」

「明後日《あさって》の七日、誕生日でしょ？　だから、これ、プレゼント」

「え……？　えええええっ！」

バッグの中から、先週買っておいたものを取り出して渡した。細長い箱に、緑のリボンをかけた贈り物。

「わっ、わっ、青衣君、いいの？　ありがとう！　えーっ、すっごく嬉しい。開けていい？」

ものすごくテンションが上がって動揺してる彼女を落ち着かせながら、「いいよ、開けてみて」と声をかけてあげる。

彼女は、興奮を抑えられない様子で、でもなるべく丁寧に、包み紙のテープをはがしていった。

「え、これって……」

「うん、前に欲しがってたから」

八月末に夏服を買いに行ったときに、「かわいいなあ」と言っていたシルバーのネックレス。

メビウスの輪のように捻《ねじ》りの入ったシルバーのモチーフがティアドロップのような形状になっている。その中央に、彼女の明るい笑顔に似合いそうな誕生石、赤い光のトルマリンが埋め込まれていた。

「あの時のこと、覚えててくれたんだ……」

「もちろん。絶対渡したいって思ってたから」

彼女が忘れてしまう二ヶ月以内、十月中に渡したいと思っていたから、誕生日はちょうど良いタイミングだった。

と、彼女は顔を真っ赤にしている。

「どしたの、亜鳥？」

「あ、あのね、その……せっかくだから付けたいなって。でも、私こういうの一人じゃうまくできなくて……」

そして、数秒だけ俯いてから、僕の方を見た。

「付けてもらっていいかな……？」

「う、うん」

彼女からネックレスを受け取り、引き金を引いて輪っかの部分を開けて、アジャスターの部分に引っかける。

ちょうどここを出る前に乾いたブラウスに着替えた彼女の胸元に、シルバーの鎖《くさり》と赤い宝石が煌《きら》めいた。

「に、似合ってるよ」

「やった、嬉しい！」

「亜鳥さん、十七歳はどんな一年にしたいですか？」

照れを隠すようにインタビュー風に訊いてみると、彼女はコホンと咳払いをした。

「そうですね……青衣君と、たくさん楽しいことをする一年にしたいです」

「はい、僕の方こそ、また一年、よろしくお願いします」

僕と一緒にお辞儀を終えると、亜鳥は横の髪を耳の後ろにかけながら、まっすぐ僕を見つめる。

「なんか、私にとって青衣君って、病気のことを忘れられる存在なんだ」

「忘れられる?」

「うん、全部受け止めて、私たちが二人でいたことを覚えてててくれるから。だから、安心して付き合っていけるなって、今日心から思えたの」

「そっか、それなら良かった」

彼女は、胸のトルマリンを撫でながら続ける。

「このネックレスは、証《あかし》なの。こうして二人で過ごした時間が確かにあったっていう証。だから、大事にするね」

「……うん、大事にしてくれたら嬉しいな」

僕と付き合うことを、こんなに前向きに捉えてくれている。それが堪らなく嬉しくて、僕は「帰ろう」ともう一度手を差し出す。彼女も笑顔で「うん」と手を握り、僕たちは手を繋いだまま駅へ向かった。

＊＊＊

「お待たせしました。ホットドッグです。こちらがサービスのおみくじクッキーになります。中におみくじが入ってますので、割って食べてください」

「店員さん、注文お願いしまーす」

「あ、はーい、今行きますね」

　お客さんに呼ばれて、僕は注文用のメモ用紙を用意しながら二つ隣のテーブルに向かった。

　一ヶ月前から準備していた文化祭もいよいよ本番。ほどほどにしか関わっていなかった僕も、当日を迎えて実際にスタッフとして入ると、やっぱり多少なりともテンションが上がる。土曜の校内にたくさんの来場者が訪れ、すっかり非日常の空間になっていた。

　二年七組は「占い喫茶」ということで、注文してくれたお客さん全員におみくじ付きクッキーを配り、さらに有料で占いコーナーも用意している。普通の喫茶と一味違うところが良いのか、結構繁盛していた。

「青衣君、これ向こうのお客さんに先に渡してくれる？」

「分かった。あ、亜鳥、これ追加の注文」

「了解！」

接客担当の僕から調理担当の亜鳥にメモを渡すと、僕よりだいぶハイテンションな彼女は敬礼をして受け取る。お互い名前呼びだけど、ただの仲良しのクラスメイトということになっているので、逆に「秘密の関係」を意識してドキドキしてしまう。

「お待たせしました。こちら、レモンティーと、サービスのおみくじクッキーになります。あと、タロット占いの整理券ですね」

「青衣君、時間になったから休憩入ろ！」

僕の肩をぽんっと叩いた亜鳥と教室の端に移動した。教室の半分を客席にしていて、残りの半分のスペースが調理と休憩場所になっている。

「私も休憩入ります！　お疲れさま！」

「亜鳥、お疲れ。谷崎君もお疲れー」

「お疲れさま」

休憩中のクラスメイトに声をかけられ、挨拶しながら椅子に座る。亜鳥と仲良くなってから、会話に混ぜてもらうことが増えてきた。

「そうそう、その曲、俺も聴いた！」

「めちゃくちゃ良くない？　私は八月に出してた曲も好きだけど」

「なになに、何の話してたの?」

別の場所で休憩していた二人の会話に混ざっていく亜鳥。こういうコミュニケーション能力は素直に羨《うらや》ましい。

「ピースレッドの新曲の話してたの」

「あっ、ピースレッドって、青衣君よく聴いてるよね?」

「え……まあ、うん」

去年SNSから火がついた男女ツインボーカルのアーティストだ。僕も結構好きで、デビュー曲から順にプレイリストを作っていたりする。

「えっ、谷崎、ピースレッド好きなの?」

少し前までの僕なら、すぐに「いや、ほどほどだよ」と言葉を濁して会話を終えていただろう。

でも、今の僕は違う。せっかくのチャンスをふいにしてしまうのは勿体《もったい》ない。ちゃんと返事しよう。

「うん、好きだよ。新曲良いよね。なんか、去年とか一昨年《おととし》のロックな感じが戻った気がする」

「分かる! そうなんだよ、原点回帰って感じするよな! 最近ちょっとバラードで泣かせる曲が増えてたし」

「そうそう、『花を捨てて』とかすごく好きだったから、ああいう路線の曲をまた聞けて嬉しいよ」

「『花を捨てて』も名曲！　いやあ、谷崎とは仲良くなれるわ！」

「えーっ、ちょっと青衣君、私も混ぜてよ！」

「亜鳥、ピースレッド聴いたことあるの？」

「あ、青衣君がオススメしてくれた『花を捨てて』は聴いたよ！」

亜鳥や他の人からも話を振られて、客席に聞こえないくらいのボリュームでしばし音楽トークに花を咲かせる。

そんな僕の隣で、亜鳥はずっとにこにこしていた。


自分がこんな風に話せるようになったのは、きっと君の影響だ。たとえ忘れてしまうとしても精一杯過ごしている君を見て、僕も同じように悔いが残らない日々を送ろうと思えた。

この感謝を伝えても、君は「青衣君が頑張っただけだよ！」なんて言うだろう。

でも、そうじゃない。確かに一歩踏み出しているのは僕だけど、背中を押してくれたのは、「どんな状況でも自分が思うままに進んでいく」という背中を先に見せてくれたのは、間違いなく君だった。

だから僕は感謝を込めて、君が過ごす日常のど真ん中で、少しでも楽しい思いをさせてあげたい。


「ねえ、青衣君」

話がひと段落したタイミングで、隣にいた亜鳥が小声で耳打ちしてきた。

「休憩時間、結構長いでしょ？」

「うん、一時間くらいあるね」

「ふっふっふ、シフト決めしてる子にちょっとお願いして、一緒に長い時間休憩できるように調整してもらったんだよね」

そんなことしていいの、と訊こうと思ったけど、「うまくいった」とピースしている彼女を見ると何も言えなくなった。

「だから、私も時間あるの。一緒に体育館ステージ行こ？」

「え？　今から？」

そう言ってすぐに彼女は廊下に出てしまい、慌てて僕は後を追う。

「亜鳥、体育館ステージって今は何やってるの？」

振り返った彼女は、茶色みのある黒髪を揺らしながら振り返る。

「知らない！　けど、青衣君と一緒なら何しても楽しいよ！」

「……うん、そうだね。体育館行こう！」

階段を降りながら、自然と早足になっていく。僕も、亜鳥と全く一緒の気持ちだったから。

「あ、青衣君、なんか音聞こえてきたよ！」

「たぶん、軽音楽部じゃないかなあ」

こうして僕たちは体育館でバンド演奏とダンスを見て、一時間だけ文化祭デートを楽しむことができた。


「ねえ、十彩ちゃん、三人で打ち上げ行こうよ！」

文化祭が終わり、教室の片付けも済んだ十七時半。クラスのみんながそれぞれ仲良しグループ同士で打ち上げに行く中、亜鳥が杉畑の腕を引っ張りながら、廊下で三人並んで帰る。

「いや、私は別に……谷崎と二人で行けばいいんじゃない？」

「青衣君も三人で行ってみたいって！　私だって久しぶりに十彩ちゃんと遊びたいし。ね、どうかな？　それとも遊びたくない？」

「いや、そういうわけじゃないんだけど……」

ぐいぐい押す亜鳥に対して、必死で抵抗する杉畑。でも、明らかに劣勢だ。

打ち上げしようという亜鳥に対して、僕が何気なく「三人で行くのもいいね」と口にしたところ、亜鳥が大いに乗り気になり、こんな展開になっている。

「ねえねえ、行こうよ！　ね、いいでしょ？　この三人で遊ぶのとか絶対に楽しいし！　ね、十彩ちゃん、ね？」

正門を出たところで柔軟体操のごとく腕を揺らす亜鳥に、杉畑は遂に根負けしたようだ。お手上げ、のポーズで両手を上げる。

「分かった分かった。じゃあ少しだけなら」

「やったー！」

杉畑と同じように両手を上げる亜鳥。ただ、そのポーズの意味は「万歳」で、だいぶトーンが違っていた。

「で、亜鳥はどこ行きたいの？」

「うわっ、十彩ちゃん、痛いところ突くなあ。実は決めてなかったんだよね」

「そこは決めておいてよ」

僕ですら想像していなかった答えに、杉畑は思わず苦笑する。すぐにでも連れ回す気でいるんだと思っていたけど、まさか何も決めてないなんて。

「あ、でも、うん、決めた！　ずっとね、青衣君とも行きたいところがあったの！」

そう言って彼女は先頭を切って進み始め、僕と杉畑は「どこだろう？」と顔を見合わせながらついていく。

歩くこと十分。到着したのは、大型のゲームセンターだった。

「ここなら、みんな楽しめるでしょ？　あ、ほら見て、エアホッケーがある！　あとであのレースゲームもやりたい！」

お小遣いをもらって「好きに遊んでおいで」と初めてゲームセンターに連れてこられた小学生のように、亜鳥はあちこちのゲームに興味を惹かれながら歩いている。

「杉畑、ゲーセン好きなの？」

「ううん。亜鳥と行ったこともないよ」

「じゃあ、亜鳥が行きたかったんだな」

「ふふっ、うん、そうだと思う」

数メートル先でメダルゲームをジッと見つめている亜鳥を目で追いながら、杉畑は柔らかい表情で微笑んだ。

「憎めないよね。谷崎もそう思わない？」

「分かる。まっすぐだなって思うよ」

やりたいことがいっぱいあって、病気なんて気にせずに、ときには僕たちまで巻き込んで楽しそうに過ごす。僕は、亜鳥のそういう姿が好きだった。

「よし、エアホッケーやろう！　青衣君は一人、私と十彩ちゃんはペアね」

「二人がかりはズルいなあ」

「十彩ちゃん、部活の経験活かしてね！」

「茶道部の何を活かせっていうの」

亜鳥のトンチンカンな発言に笑いながら対決して、接戦まで持ち込んだものの惜敗する。次にやった車のレースゲームでは三人同時対戦で、見事に一位を取ることができた。

「ううん、おかしいなあ。私の華麗なハンドル捌《さば》きで独走できるはずだったのに」

「ねえ、亜鳥。来年には免許取れる年齢になるけど、ブレーキっていう便利な機能は忘れないようにしてね。私の車の前で何回衝突事故起こしそうになったことか」

「いやいや、機能は知ってるよ？　今回は使わずに走破してみようと思っただけ！　実際の運転ではもちろん超安全運転する！」

教習所で運転を習うのは別に楽しい思い出じゃないだろうから、運転の仕方はずっと覚えてるに違いない。そんな、亜鳥の特質を理解したうえでの杉畑と亜鳥の会話が微笑ましい。

病気の話題を避けるのではなく、病気であることを受け止めて会話をする。亜鳥とは、そういう付き合いができそうだった。

その後、他の人がメダルゲームをやってるのを後ろから眺めたりして、最後にやったのはクレーンゲーム。餅《もち》から膨らむタヌキのキャラクター「もちポン」の大きなクッションが狙いだ。

「うわっ、惜しい！　青衣君、あともう少しじゃん！」

五百円を入れて数回プレイする。残りはあと一回。

「横はこの辺りで……よし、ここだ！」

ボタンを押して、クレーンが降下する。もちポンをがっちり掴んだように見えたけど、持ち上げて数秒、あえなく落下した。落とされたことを拗《す》ねるように、もちポンがそっぽを向く。

「ううん、ラスト一回で取れたらカッコいいんだけど……やっぱりそんなにうまくはいかないね」

良いところが見せられなかったことをごまかすように笑った僕の肩を、亜鳥がぽんぽんと叩く。

「うまくいかなくたっていいじゃん！　青衣君がやってる間、みんなで応援して楽しかったんだし！　それに、これを取るためにまたこのお店に来ようって、約束も増えるしね！」

「……確かに、そうだね」

彼女の励ましに小さく頷く。

いつか失う思い出でも、その瞬間を全力で楽しめたなら、それでいい。亜鳥に対して抱いていたそんな想いと彼女の言葉が重なって、心が温かくなる。

「でも悔しいから、私もやってみようかな！」

「結局やるんだ」

「谷崎、ここで亜鳥が取ったら面白くない？」

二人で遊ぶのもいいけど、三人で遊ぶのも面白い。それは、親友の前で見せる、いつもと違った亜鳥の表情が見られるから。


亜鳥がいて、友達もできた。

全てが順調だった。


「…………うっ……」

「えっ、青衣君？　大丈夫？」

次は何をして遊ぼうかと悩みながら歩いていた僕に、亜鳥が訊いてくる。

「大丈夫。ちょっと疲れただけ」

「そっか、それなら良いんだけど」

前で杉畑と話し始めるのを確認して、頭を押さえる。

ビリビリと痺《しび》れるような痛みが走った、自分の頭を。

「……ふう……」

全てが順調だった。

そう、思っていた。

第六章　きっと慣れるから

『今日はちょっと予定あって先に帰るね』

『分かった！　また夜とかやりとりしよ！』

文化祭から日曜、スポーツの日を挟んで、週明けの火曜日。ラインで亜鳥にメッセージを送って駅へ向かう。でも、乗る電車は帰宅するための路線じゃない。

乗り換えを挟んで、JRの恵比寿駅へ。そこから、彼女と一緒に行ったパンケーキのカフェを通り過ぎ、大学病院に急いだ。

「……うっ……ぐうう……」

頭の内側に、圧迫されるような痛み。ギリギリ声は出ないくらいの痛みで、咄嗟《とっさ》に両手で頭を押さえる。

「まさか、ね……」

僕は、これによく似た痛みを知っている。中学の頃に、経験していたから。


「青衣」

「ごめんね、お母さん。待たせちゃった」

総合受付で母親と落ち合い、そのまま脳神経内科に向かう。

毎年、五月と十一月に、ここの脳神経内科で定期検診を受けている。次の検診はちょうど来月だった。

中学校のころからずっとお世話になっていたからこそ、この病院で眼科にも掛かるようになったし、亜鳥が入院の話をしたときも分かった。

この前ここに来たのは、コンタクトを作ったとき。そうか、亜鳥と初めてちゃんと話したときだ。

今日は、彼女と鉢合わせしなくて良かった。脳神経内科に入っていくところを見られたら、ごまかしようがないから。

脳腫瘍、つまり脳のがん。それが、僕が小学校の卒業直前に診断された病気だった。慢性的に体調が悪かった僕を母親が連れてきてくれて、病状が分かった。すぐに入院して治療を続け、中二のときに普通に学校生活が送れるようになった。「再発はおそらくないでしょう」と言うお医者さんの言葉を信じて。

「谷崎さん、待合室でお待ちください」

「はい」

しばらくすると名前を呼ばれ、ＭＲＩを撮る。採血は検査に時間がかかるということで、先に家の近くの内科で採血して結果を送っておいた。

「青衣、頭痛は大丈夫？」

「大丈夫だって。風邪かなんかじゃないかな」

結果を待ちつつ母親に対して強がりながら、内心僕はとてもドキドキしていた。最近起こっている頭の痛みは、僕があの頃経験していたものとよく似ていた。


まさか。そんなこと、あるはずがない。

あのときのお医者さんだって、大丈夫だろうって言ってくれたじゃないか。それに、中二で学校に行けるようになってもう三年が経つ。今更なんて、そんなこと有り得ない。たとえ、この慢性的な頭痛に論理的な説明ができないとしても、それだけは絶対にないはず。

だって僕は、自分がこれからずっと元気で、ただの高校生になれたと思ったから、亜鳥に告白したんだ。ずっと一緒に歩いていけると思って、想いを伝えたんだ。

だから大丈夫。大丈夫。指を絡ませ、祈るように両手を組みながら、自分に何度も言い聞かせる。


「青衣、大丈夫？」

「お母さん、大丈夫。心配要《い》らないよ」

不安にさせたことを謝ると、母親は静かに首を振った。

「ねえ、青衣。もし聞くのが怖かったら、お母さんだけで話聞いても——」

「大丈夫だよ。僕もちゃんと聞きたいから」

僕以上に憔悴《しょうすい》している母親にだけ余計な負担はかけられない。きっとなんでもないと自分に言い聞かせ、握った拳を震わせていると、「谷崎さん、どうぞ」と看護師さんから名前を呼ばれた。

ガラガラとドアを開け、いつも顔を見ていた主治医の向かいに座る。

彼は「えっと……」と随分口ごもってから、検査結果を話し始めた。

「結論としては……再発しています。そして、かなり進行しています」

その言葉を聞いた瞬間、世界が崩れたように目が回り、その場に座っているのがやっとだった。

誰の言葉も頭に入らない。手術がどうこうと言ってたけど、ただただ、「再発」という言葉だけが脳内にリフレインする。目の前で母親が膝から崩れ落ちていたけど、それを助ける余裕もない。

唯一聞こえた言葉は、主治医が険しい顔をしながら伝えてくれた、僕の余命についてだった。

「できる限りの治療はしますが……厳しい場合には四、五ヶ月でしょうか。春は越えられないかもしれません」

春は越えられない。あと五ヶ月、来年の三月。それが自分のリミットなのだと、そう考えただけでどうしようもないほど世界が真っ暗になる。

その闇の中で浮かんできたのは、亜鳥の笑顔だった。


「うう……ふっ、うう……」

病院の翌日は学校を休み、布団に潜《もぐ》って一日中泣いていた。

高校生になってからあんまり映画でも泣かなくなり、自分も大人になったななんて思ってたけどとんでもない思い違いで、体中の水分が全部目から出てるのかと思うくらい涙が止まらなかった。

とても通学できるような精神状態じゃないし、亜鳥を見たら、自分の不運を呪って教室で叫び出してもおかしくないくらいだったので、体調不良ということにしてずっとベッドに横になっている。ほとんど動いてないという意味では、立派な体調不良だった。

『青衣君、体調は大丈夫？　無理しないでね。大変だったらお見舞い行くからね！』

いつもなら嬉しいはずの亜鳥からのメッセージも返さないまま放置している。今の僕に、平静を装って彼女に返信するだけの気力はなかった。

あと五ヶ月。「かもしれない」なんて言い方をしていたけれど、そんなに楽観的なものではないと、なんとなく理解していた。

残り五ヶ月なんて、長いように聞こえるけど、あと一五〇日、たった三千六百時間しかない。

僕がひたすら泣いていた今日の半日で、既に十二時間が消えてしまった。これから寝ればまた七、八時間がなくなる。そんなことを繰り返していくうちに、あっという間に寿命は尽きてしまうだろう。

死ぬのが怖い。ただただ怖い。死んだらどこに行くんだろう、最期は痛いんだろうか、意識がないまま死んでいくんだろうか。

高校にはいつまで通える？　亜鳥にはいつまで会える？　亜鳥とまた映画を観に行きたかった。ピースレッドのライブにも行ってみたかった。前に食べたいと言っていたジャンボハンバーグにチャレンジしたかった。テーマパークに、動物園に行きたかった。水族館も、イルカの泳ぐトンネル型水槽に行く約束をしてたのに。ただの散歩でもいい。桜を、海を、紅葉を、イルミネーションを、毎年見たかった。自転車でサイクリングに、免許を取ったらドライブに、一緒に、亜鳥と一緒に。

「あああああああっ！」

やりたいこと、やれると思ってたことが多すぎて、それがやりきれないことが分かって、心が壊れる。叫んで、拳で自分の頭を殴る。

「なんで！　なんで再発してるんだよ！　なんで……っ！」

血が出るまで頭を殴って治るなら、そうしたかった。どんな痛みだって耐えるから、この先ずっと、毎日病院に通ってもいいから、生きたかった。生きてさえいれば、生きてさえ。

「なんで……なんでだよ……」

何も見たくなくて、何も考えたくなくて、布団を被《かぶ》る。

それでも頭の中に浮かんでくるのは、亜鳥のことだった。再発なんて、想像もしてなかった。三年間大丈夫だったから、もう完治しただろうと思って亜鳥に想いを伝えたのに。

自分はこれから、どんどん弱っていく。痩《や》せて、動けなくなっていくだろう。
・・・・・・・・・・・・・・・・・・・・・
そんな「楽しくない思い出」を、亜鳥はきっと忘れない。

僕と出かけた思い出は記憶の底に沈んでしまって、僕がどんどん死に近づいていくその様だけ覚えている。そんなの、僕も亜鳥も苦しいだけだ。

「どうしよう……どうしよう……」

誰にも届かない泣き言を漏らす。この布団の中だけが、今自分が本音を言える空間だった。

＊＊＊

「青衣君、大丈夫だった？」

「え……？」

結局、木曜まで休んで金曜になって登校すると、いきなり亜鳥に問いかけられ、心音が一気に大きくなる。

「体調不良だったの、治ったかなって」

「あ、ああ、そういうことか」

なぜか、僕の病気のことを知られてしまったような気になって、不必要に焦ってしまった。

「大丈夫だよ、心配かけてごめん。あと、返信もあんまりできなくてごめんね。何日か遅れちゃったし」

「ううん、大丈夫。そのくらい調子悪いんだなって思ってたから」

本当は返信する余裕がなかったからだけど、今は全て、体調不良のせいにしてしまおう。

「亜鳥はどう？　元気？」

「ふふっ、どしたの、急に。うん、私は元気だよ！　また遊びの計画立てようね！」

「うん。行きたいところ、教えてね」

「ありがと！　もし行ったことあるところだったら、ちゃんと言ってね？」

「もちろん、教えるよ」

あと何回、彼女と行けるだろうか。頭の中でそんな寂しいカウントをしつつ、彼女に作った笑顔を向ける。

授業を半分上の空で聞き流しながら、僕の頭の中で、次第に頼るべき相手が見えてきた。


「ごめんね、急に呼び出して」

「ううん、大丈夫。どしたの？　亜鳥のこと？」

放課後、今日は恵比寿の病院に行く、と亜鳥が先に帰ってしまった後で、一階にある、今はほぼ使われていない集会室に杉畑を呼び出す。

僕は、何からどう伝えようかと微かに緊張していた。

「驚かないで、話を聞いてほしいんだけどね。実は……僕、病気で……」

そして、二人しかいないのに、僕は彼女にしか聞こえないくらいのボリュームで事情を説明する。杉畑は、みるみる顔が青ざめていった。

「余命、って……え……何それ……谷崎、死んじゃうの……？」

「……亜鳥にも伝えてないから、内緒ね」

動揺した彼女は体勢を崩し、倒れるようにして空いた椅子に座る。

「え、じゃあ、これから亜鳥のことはどうするの？　谷崎と遊ぶの、あんなに楽しみにしてるのに」

「うん、それを相談しようと思ってたんだ。亜鳥はこれから先、僕の辛い思い出ばっかり記憶に残るんじゃないかって……だから、」

一度深呼吸をしようと言葉を飲み込む。そのまま息を吸おうとしたけど、結局それもやめた。

間を空けたら、ずっと心の中で練り上げてきた決心が鈍ってしまいそうな気がしたから。だから、勢いのままに続ける。

「だから、どうやったら亜鳥を傷つけずに僕がいなくなれるか、一緒に考えてほしいし、協力してほしい」

静寂を破るように、グラウンドから運動部の声が聞こえる。「負けんなよ！」という叫び声は、僕に向けられているような気がした。

「何か良い案、浮かんだ？」

二人ともほぼ黙ったまま数分が経ち、僕は杉畑に問いかける。

「いや……そんなこと言われても……」

お手上げと言わんばかりに溜息を吐《つ》く杉畑の表情はしかし、そこまで困っていないように見えた。

「本当はさ、杉畑も分かってるんでしょ？　どうすればいいか。僕も、なんとなくこれしかないな、って思ってるもん」

「……鋭いの、ズルいなあ」

言い淀んでいる杉畑の気持ちも分かる。彼女からは言い出しにくいだろう。だから、僕から伝えることにした。

「……亜鳥が二ヶ月前の楽しい思い出を忘れちゃうなら、距離を置けばいいんだよ」

「そうしたら、忘れてくれるってことでしょ？」

「うん、二ヶ月過ぎればね。亜鳥は写真も撮ってないし、二ヶ月も経てば僕とのメッセージも履歴に埋もれるだろうから、自分から探さなきゃ見つけることもないでしょ。距離を置いた人とのやりとりを、わざわざ見に行くなんてしないだろうし」

僕の言葉に反発するように、彼女は僕の前に立ち、キッと睨んだ。

「谷崎はそれでいいの？」

「……杉畑もズルいんだよなあ」

僕の答えを知ってるからこその杉畑の質問に、苦笑して返す。

「いいとか、悪いとか、僕がそんなこと言ってても解決しないからさ」

「そういうの、やめて」

彼女は目を瞑って首を振った。

僕は、彼女が覚悟を決めてることを理解して、頭を下げる。

「杉畑に手間かけちゃうんだけど、後を頼んでもいいかな？」

「後って言われても……」

彼女の視線は、まっすぐに僕を捉える。迷いのなさそうな表情は、僕からこう言われるのを予想していたようにも思えた。

「亜鳥、きっと悲しむと思うんだ。だからさ、できる範囲でいいから、杉畑が一緒に遊んであげてくれないかな。そしたらきっと、亜鳥の記憶も、また楽しいことでいっぱいになると思う」

「いや、でも谷崎、私はもう――」

「杉畑は前に、僕に言ったよね。自分は思い出を作る資格がないんじゃないかって。そんなことないんだよ。そんなこと言ったら、今思えば僕の方が資格なんてなかった。再発のリスクも考えずに付き合ってさ」

僕の自虐的な言葉に、彼女は黙ってもう一度首を振る。

「杉畑といる亜鳥はいつも笑ってる。だから、親友の杉畑にしか頼めないんだ」

「谷崎……」

僕は立ち上がって、深く深く頭を下げた。

「僕との思い出を消すから、新しい思い出で埋め尽くしてあげて」

杉畑はジッと僕の方を見ている。その目から涙がこぼれるまでに、十秒とかからなかった。

「わた……私じゃ、谷崎の代わりにはならないよ……！」

ポケットからハンカチを取り出して涙を拭く彼女に、僕は肯定とも否定ともつかない相槌をして、「違うんだよ」と首を振る。

「僕の代わりにならなくていい。友人として、いっぱい楽しい時間を過ごせればいいんだよ。それが亜鳥と新しい思い出になって上書きされるから」

任せたよ、と言うと、彼女はしばらく黙った後、一言だけ訊いてきた。

「谷崎は、それでいいの？　亜鳥の中で、谷崎と付き合ったこととか、谷崎を好きだったってこととか、全部忘れちゃうんだよ？　本当に、それでいいの？」

その一言、たった一言で、一気にたくさんの光景が再生される。色んな場所で、色んな表情を見てきた、亜鳥の顔が、脳内に焼き付いている。

「……いいわけないでしょ」

泣かないように我慢して、顔が震える。歯がガチガチと噛み合わなくなって、気付いたら口がしょっぱい。これは涙なのだと、頬が温かいことで改めて理解する。

「じゃあさあ！」

杉畑は僕の前に駆け寄ってきて、語気を強めた。

「じゃあ、なんか他の道を探せばいいでしょ！　亜鳥にちゃんと事情を説明して、それでも一緒に過ごせそうか話し合うとか——」

「他の道って何！」

思わず叫んでしまい、目の前の彼女がビクッと震える。学校でこんなに大きな声を出したのは、初めてかもしれない。

「亜鳥に言うの？　僕が余命で一緒に三年生にはなれそうにないって？　これから辛いところばっかり見せちゃうけど、楽しいことは忘れていって辛い場面しか記憶に残らないだろうけど、一緒にいようよって、僕から言うの？」

「それ、は……」

本当は、それでもいいから言いたいとすら思った。でも、考えれば考えるほど僕のワガママでしかなくて。

「たくさん、悩んだんだよ……何回も、他の道はないか考えたんだよ……それでも、これしか残らなかった……残らなかったんだよ！」

叫び声と共に、吹奏楽部の音出しが聞こえるようになる。

僕たちの言い合いなんて関係なしに、当たり前のようにいつもの放課後が繰り返される。一人一人を気に留めていたら世界は回らないから、残酷とも言える速さで日常が過ぎていく。

「だから杉畑、後は頼んだよ」

終わることは望んでない。でも、他に方法はない。だから今の僕は、いかに彼女を傷つけずに離れることができるか、と考えていた。亜鳥のことは、絶対に傷つけたくなかった。

「……できる限りのことはするけど」

「ありがと。亜鳥に杉畑がいて良かったよ、安心して任せられる」

それは皮肉でも嫉妬《しっと》でもなく、心からの本音だった。

自分がこれまで亜鳥を大事に想ってきたように、親友の杉畑なら亜鳥を大事にしてくれる。

「じゃあ杉畑、協力してね、よろしくね」

帰ろうとする僕を、「あの」と杉畑が呼び止める。

「この言葉が合ってるか分からないけど、お大事に、ね」

僕は、どう返していいか分からないまま、振り向いて無理やり笑顔を見せた。

「大事にしたかったもの、ちゃんとあったんだけどね」

彼女の言葉が心の中で重く響く中で、教室を後にした。

＊＊＊

杉畑と話してから二週間以上が経った、十一月四日、月曜日。いつの間にか今年もあと二ヶ月になっている。学校も期末テストや冬休みの予定が見え始めて、徐々に慌ただしくなってきていた。

放課後、亜鳥と一緒に帰る。手を繋いで帰るのも、すっかり当たり前になった。

「見て、青衣君。クリスマスケーキの予約始まってる！　早いね！」

チェーンのケーキ屋を見て、亜鳥がはしゃぐ。

本当は僕もクリスマスの話をしたいけど、やらなきゃいけないことが、言わなきゃいけないことがあった。

「亜鳥、今、ちょっとだけいい？」

「うん、どしたの？」

イノセントな表情のまま、パッと僕の方を振り向く彼女の顔を見て、思わず次の言葉を躊躇《ちゅうちょ》する。脈が歪なリズムを刻む。

こんなこと、言いたくなかった。言わないで済むなら、ずっとずっと一緒にいたかった。

でも、彼女を不幸にしないためにも、それは許されないと分かっていた。そして、彼女に言うと決めたから、どんなに望んでなくたって、伝えなきゃいけない。

僕自身が何度も否定しながら、それでも必死に冷静になって着地した結末を、彼女にも共有しないといけない。

僕は、ゆっくりと彼女の手を離す。

「僕たちさ、クラスメイトに戻ろうよ」

乾いた喉で口にした言葉は、彼女の時間を止めた。

「え……え？　あ、え、急、だね」

「うん、ごめんね、急にこんな話しちゃって」

止まることなく、淀みなく。

ずっと、頭の中で言い方を練習していたこと。

「そっか……そっか……青衣君、訊いてもいい？」

彼女は何度も繰り返した後、目を合わせず、顔だけ僕の方を向いた。

「うん、いいよ」

「その……なんでかなって」

「んん……まあその、色々考えて、さ。うまく言えなくて、ごめんなさい。でも、亜鳥が嫌いになったとか、そういうのじゃないから。記憶のことも関係ないよ。それだけは信じてほしいんだ」

絶対来ると思っていたこの質問への答えは、遂に見つからなくて、濁した回答になってしまった。「もう好きじゃなくなった」なんて冷たく接する方法もあったかもしれないけど、それだけは絶対にしたくない。大切な亜鳥のことを、傷つけたくなかった。

「そっ、か。うん、分かった」

夜になりきらない、燃え残りの夕暮れが彼女の髪を儚《はかな》く照らした。頬にオレンジの光が当たり、涙を照らす。その涙に、とめどない後悔の念が押し寄せ、胸が潰《つぶ》れそうになる。

この瞬間のことは、イヤな思い出として、彼女の記憶に焼き付くかもしれない。でもその代わりに、ここから先、僕との関わりは薄くなる。二ヶ月経てば、一緒に過ごした楽しい思い出も消えて完全なクラスメイトになり、春先まで弱り果てていく僕をたくさん見せなくて済む。

亜鳥のことだ、病気が進行した僕と一緒にいたらきっと気分が沈むだろうし、それでも僕の前ではそれを明るく隠すに違いない。亜鳥にだけは、そんな辛い思いをさせたくない。

「そっかあ、そっかあ……」

彼女は泣いている。嗚咽《おえつ》を漏らすこともなく、ただ静かに流れる涙が、頬に乾かない跡を残している。

「残念だなあ……青衣君といるの、楽しかったんだけどなあ」

震えてうまくしゃべれていない声を聞くと、本当に胸が痛くなる。

早くこの時間が終わってほしくて、でも、離れたらもうこんな風に話せないと思うともう少しだけでもこの時間が続いてほしくて。相反する感情を、「うん」という力のない相槌に変えて、静かに頷く。

「あのさ、これまで、青衣君との楽しいこと、何も覚えてなくてごめんね」

「そんなこと気にしてないよ。僕が全部覚えてるからいいんだよ」

顔をグシャグシャにして泣く亜鳥が、ブラウスの袖で涙を拭う。

僕は彼女にバレないように、ズボンの上から太ももの横をつねる。何か別の刺激でごまかさないと、つられて泣いてしまいそうだったから。

「でもね……青衣君といるの、すごく楽しいんだよ。だから、だからさあ……ふっ……忘れちゃうのは治せないんだけど、いっぱい思い出作るから、わ、私と……もっと一緒にいてくれないかなあ」

どれだけ、「うん」と言いたいか。君と一緒にいたくて仕方ないのに。

でも、それはできないから。

「……ごめんね」

絞り出すように、そう言うので精一杯だった。

「そっか……うん、ワガママ言ってごめんね」

亜鳥は俯く、前髪が邪魔して、その表情は見えない。

そしてしばらくして、彼女はゆっくり顔を上げて、いつもの笑顔を見せた。

「青衣君、今までありがと。私、早い電車間に合いそうだから、ちょっと急ぐね。じゃあ、またね！」

亜鳥は軽くお辞儀して、逃げるように駅に走っていく。早い電車なんてないって、僕は知っていた。

「よし……よし」

自分を無理やり納得させるように「よし」と連呼して、そのまま近くにあったベンチにガタンと座り込んだ。しばらく立ち上がる気力はない。

さっき見たばかりの彼女の泣き顔が浮かぶ。

『私と……もっと一緒にいてくれないかなあ』

「一緒に……いたかったなあ……いたかったなあ……」

我慢していた涙が一気にこぼれてきて、アスファルトに落ちていく。それはちょうど、亜鳥との思い出が積もるように。

本当に辛かった。彼女を泣かせて、自分も泣くことになると分かっていたから。

やっぱり今の話はなかったことにしよう、次のデートの計画を立てよう、と言えたら良かった。喉元まで出かかって、胸が軋《きし》んで、必死で「そんなことしたら、亜鳥に辛い想いをさせるぞ」と自分に言い聞かせて堪えた。

今の判断が正しかったのか、自分でもよく分かってない。でも、少なくとも自分にはこれが最善だと思えた。

だから僕はこれから、亜鳥と距離を取りつつ、彼女が僕との記憶をなくして穏やかに過ごせるようになっていくのをちゃんと見届けて、この選択を「正解」にしないといけない。

「うん、よし、よし」

さっきとはトーンが違う、決意を込めた「よし」という言葉を口にしながら、一人頷いた。


翌日。登校して、廊下側の席を見る。亜鳥もちゃんと学校に来ていた。

良かった、自分のせいで体調不良にさせてしまったら申し訳ないから。

僕を見つけた彼女は、机の前まで来てくれた。

「平本さん、おはよ」

僕なりの決意表明のように、ただのクラスメイトとして名字で呼んで挨拶する。

彼女はそれを聞いて、一瞬驚いたような悲しいような表情を浮かべた後、それを消し去るように微笑んだ。

「おはよう、青衣君！」

彼女なりに、変わらない気持ちを示してくれている。それが嬉しくて、切ない。

僕の方は、こうして少しずつ、名字呼びが当たり前になっていくのだろう。亜鳥のことを名前で呼ぶことは、きっともうない。

それでも僕の目は、クラスメイトと話す彼女をつい追ってしまう。杉畑がずっと横にいて話に混ざっているからか、いつもより彼女を囲む輪が大きい気がする。杉畑も気を遣ってくれているのだろう。

「ちょっと、十彩ちゃん、違うって！」

はしゃぎながら杉畑に話しかける亜鳥。君の笑顔はやっぱり素敵で、ずっと見ていたくなる。どうか、僕が泣きそうな目で見ていることに、気付きませんように。

そのまま、時間は過ぎていく。これまでと同じようで少し違う、亜鳥と話さない一日、関わりを避ける一日。今まで休み時間には当たり前に話していたので、彼女と接さない日中は違和感と寂寥感に溢れている。

大抵のことは時間が解決してくれる、という一文を見たのは、なんの小説や漫画だっただろうか。

しばらくすれば慣れるだろうと信じて。

僕は徐々に、亜鳥と距離を取るようになった。

第七章　流れて消えて

「ねえ、十彩ちゃん。『恋は風のように』の最新刊、読んだ?」

「読んだ読んだ、糸巻《いとまき》君、良かったよね」

十一月二十二日、金曜日。あと一週間ちょっとしたら十二月で、みんなが「今年あと何日登校するか」を数える時期になってきた。

教室で聞こえる、亜鳥の声に、つい反応してしまう。三十人以上入る広い空間で、窓際でクラスメイトと話している僕と、廊下側で杉畑と話している彼女の距離はかなり離れているはずなのに、はっきりと聞こえる。耳というのは便利で、少し困った器官だ。

そのままちらっとだけ彼女の方を見る。笑っている顔はいつも通りで、元気そうなことにただただ安心した。それはきっと、杉畑がちゃんとフォローしてくれてるおかげだろう。

自分の体調は、今のところそこまで大きな変化はなく、学校にも毎日来れている。ただ最近、起きると眩暈《めまい》がひどいのが、悪化の予兆なのではと不安になっていた。

自分からお願いしたのに、亜鳥が杉畑と話してるのを見たり、他の女子や男子が亜鳥と会話しているのを聞いたりすると辛《つら》くなる。

別に杉畑が悪いわけじゃないし、他のクラスメイトに悪意はない。それでも「少し前まで、自分があやって話していたのに」と過去の自分を思い出して、どうしようもなく胸がギュッと締めつけられる。

お互い避けるように過ごしている中で、ごく稀《まれ》に、亜鳥と目が合うときがあった。彼女もまだ自分のことを意識してくれているのだという嬉しさと、どう振る舞っていいか分からない居たたまれなさが込み上げる。

「大丈夫、大丈夫……」

逃げ出すように廊下に出ていって、深呼吸をしながら自分自身を慰《なぐさ》めるように独りごつ。

僕がこんな体じゃなかったら、なんの問題もなく三年生に、そして大学生になれるなら、自分だって亜鳥ともっと話したい。少し前みたいに、二人でお茶もしたいし、もっと色んなところに遊びに行きたい。それがたとえ、何度も行った場所であっても。

「ねえ、谷崎」

廊下まで急いで追いかけてきたのは、杉畑だった。

「大丈夫？」

「うん。今のところはね。どうしたの？」

「ううん……ちょっと、泣きそうな顔してたから」

自分の表情までは分かってなかった。クラスの友達や亜鳥に、変に思われなかっただろうか。

「そっか。うん、大丈夫だよ」

「それならいいんだけど」

僕も、彼女も、大丈夫じゃないことは知っていて、でもそう言ったところでどうにもならないことも分かっている。「またね」と杉畑が教室に戻っていくのを見て、大きく深呼吸した。


この二週間、自分の決断を後悔したことは一度や二度じゃない。やっぱり今からでもやり直せるだろうか、なんてぐるぐる考えて眠れなかった夜もある。

だけど、頭痛がひどすぎて嘔吐《おうと》してしまったり、主治医から『手術で腫瘍摘出の必要がありますが、全摘出が難しいので放射線治療もやらないと……』なんて治療の方針を聞いたりするたびに、恐怖に震えながらも、やっぱり今のままの関係で良かったんだ、と思い返した。自分がもう助からないのだと思い知ると、余計な夢は見られなくなる。


「ちょっと歩こうかな」

教室に戻って亜鳥を見たら、本当に泣いてしまうかもしれない。「少しでも体力をつけよう」なんて都合の良い言い訳を自分にして、校内を散歩することにする。

そうして、心が折れそうになるのをなんとか励ましながら、僕は亜鳥とクラスメイトに戻り、気付けば年末を迎えていた。

＊＊＊

「おはよう。あけましておめでとうございます」

年明けの始業式から二日後。クラスメイトに挨拶をしながら教室に入っていく。

「あ、谷崎君、大丈夫？」

「うん、大丈夫。心配かけてごめんね」

年末に一気に体調が悪化し、始業式とその翌日は欠席したので、みんな病気の詳細は知らないけど心配そうに訊いてきてくれた。

年越しは自宅で迎えたものの、ほぼ一日寝込んだまま過ごすような日も増えてきた。

学校ももう毎日は来れそうにない。この先、授業を聞いてもほとんど意味がないと分かっているのに、それでも学校に来たかったのは、クラスメイトとしてでも亜鳥に会いたいからだった。

バッグを置いてすぐ、目は亜鳥を追ってしまう。

冬休みを挟んで二週間ぶりに会う彼女は「十彩ちゃん、十彩ちゃん」と何度も呼びかけながら元気そうに杉畑と話していて、それを見てもあまり動揺しなくなっている。あんなに慣れるのが難しいと思っていた彼女と距離をおいた景色も、少しだけ慣れたらしい。

このまま時が彼女への想いを洗い流してくれることを願った。

でも、そんな願いは儚い夢なのだと、僕は改めて知ることになる。

「あ……平本さん」

放課後、先生に、手術の時期について話した後に教室に戻ると、教室にぽつんと亜鳥がいて、帰る準備をしていた。さすがにこの状況で無視をするわけにいかない。少し会話するくらい、神様だって許してくれるだろう。

名前を呼ぶ。彼女が振り向く。

「あ……谷崎君」

名字。彼女は確かに、僕を名字で呼んだ。年末まで「青衣君」だったのに。

「平本さん、こんな遅くまでどうしたの？」

「十彩ちゃんに呼ばれて、茶道部でお茶体験してたの。あ、十彩ちゃんって茶道部の部長でね」

嬉しそうに、抹茶がいかに苦かったかを教えてくれる。杉畑が茶道部の部長だと、僕が知ってることも覚えていないままで。

「よし、じゃあ私は帰ろうかな」

話すことに少しだけ困るように、独り言を言いながら準備する亜鳥。そのバッグの横についている、オットセイのキーホルダーに視線を一気に奪われた。

「あっ、それ」

水族館に行ったときに買った、お揃いのお土産。キーホルダーと一緒につけられた鈴が、チリンと鳴る。

まだ付けてくれていたなんて。クラスメイトに戻ったけど、今この瞬間だけでも、昔を思い出しながら話してもいいだろうか。

「八景島の水族館のやつだよね」

僕の反応に、亜鳥は少しだけ口を開ける。その顔には、喜びの感情は一切ない。

そして、すぐに寂しそうな顔を見せて、ゆっくりと口を開いた。

「そうなの。前に行ったんだ」

その声の温度で、僕は気付かされた。

亜鳥は、忘れている。

彼女と水族館に行ったのも、彼女と離れたのも十月だ。

二ヶ月以上経った今、彼女が覚えているはずがなかった。

僕は、声が震えそうになるのを我慢して、自分が傷つくかもしれないと知りながら、彼女に問いをぶつける。

「デートで行ったの？　友達と？」

彼女は「ううん」と考えた後に、にへへと笑った。

「どっちだったかなあ。今は好きな人もいないしね」

その言い方は、彼女が記憶を失くしたのをごまかすときと全く同じだった。

「そっか……どうなんだろうね」

言葉を濁して、それ以上は訊かない。

亜鳥は、僕と付き合っていたことそのものを忘れていた。

「谷崎君、どうしたの？　なんか元気ない？」

「あ、いや、ううん、何でもないよ」

「そっか。そういえばさ、私」

立ち尽くしていた僕に、今度は彼女の方から話しかけてきた。

「前に谷崎君と、何か大事な話をした気がするの。どんな内容だったか、ずっと聞きたくて。あの……多分、大事な話をするくらいだから教えてるんだと思うんだけど、実は私ね……脳の働きのせいで、誰かとの楽しい思い出を忘れちゃうの」

彼女はそれから、初めて病院で会ったときみたいに、僕に教えてくれた。大脳皮質の働き、海馬の働き、偏桃体の異常。去年の六月に僕に話したことは、もうなかったことになっている。

「だから、どんな話をしたか忘れちゃったの、ごめんなさい。何か、特別なことだったんじゃないかなって」

僕と会話したことを、なんとなくでも覚えているのだろうか。それはそれで、すごく嬉しい。

どう返事しようか、ほんの少しだけ迷ったけど、でも亜鳥のことを考えたら答えは決まっていた。

大きく深呼吸してから、断腸の思いで、僕は彼女に伝える。

「ううん、大した話はしてないと思うよ。平本さんの記憶違いなんじゃないかな。僕たちはずっと、ただのクラスメイトだからさ」

言いながら僕は、さっきの彼女の言葉について考えていた。

楽しかった思い出だけ消えると言っていたから、別れたときの記憶はあるのかと思っていた。でも今は、付き合っていたこと自体も忘れている。

その思い出を作ってくれた人との関わり、そのものが脳から消えてしまうのだろうか。あるいは、別れた思い出だけが残るとおかしいので、脳が記憶の整合性を取るために、付き合ってたこと全体の記憶が消えるのだろうか。

亜鳥はこのことについては教えてくれてなかった。というより、経験がないから知らなかったのかもしれない。杉畑ともずっと付き合っているし、例えば中学の友達との関わりを忘れているとしても、学校が違うから確かめようがなかった。

「谷崎君、どしたの？」

「ああ……うん」

僕とのデートをいずれ忘れるのは想定通りだった。でも、付き合ってた事実も泡と消えたことを彼女の口から聞いた瞬間、どうしようもない虚無感が襲ってきた。

ただ、君と一緒に過ごしたかっただけなのに。

結局君の中から僕はいなくなってしまった。


この後、どう切り返せばいいか分からない。でもあの時、決めたじゃないか。僕の選んだ選択を「正解」にするって。だから、このまま貫き通すんだ。

「そのキーホルダー、綺麗だね」

繋ぐ言葉がなくなった僕が咄嗟に褒めると、彼女は微笑みながら頷いた。

「そうそう！　なんか綺麗だし……それに、すごく大切なんだよね」

記憶はなくても、大切。彼女の頭の奥底に、僕と過ごした日々の欠片が眠っている。

そう考えるだけで、涙が出そうだった。

「そっか、それなら、大事にしないとね」

「うん、ありがとう」

彼女はちらっと時計を見た後、「いけない」と小さく呟く。

「今日、家で用事があるんだった。じゃあ谷崎君、またね！」

元気に手を振って、彼女は教室を出ていく。

僕はそれを黙って見送った後、力なく壁にもたれかかった。

「……そうだよね、忘れてるよね」

一人になった教室で、あの日を振り返る。

十月五日。一緒にカクレクマノミを見て、ショーを見てびしょ濡れになって、トレーナーとキーホルダーを一緒に買った。帰りにプレゼントを渡した。

あんなに楽しい時間、忘れられるはずもない。亜鳥の中にはないけど、あの幸せな時間は、確かにそこにあった。付き合う前も、付き合う瞬間のことだって、全部覚えている。亜鳥と二回もした指切りの、手の温度まで。

そう、これで良かった、狙い通りじゃないか。入院して弱っても、もう亜鳥が悲しい想いをすることもないだろう。三年生になる前に、ただのクラスメイトが亡くなってしまうだけだ。

頭では、そう分かっていたのに。

「忘れて……ほしくなかったんだけどなあ……」

気付いたら大粒の涙がこぼれていた。

いつだって自分は弱くて、彼女のためだと自分に言い聞かせても、またこうして一瞬で元の木阿弥《もくあみ》に戻る。どれだけ離れても、些細なきっかけで、彼女のことを好きだった僕に戻ってしまう。

亜鳥と関わったのは、六月からたったの半年弱。ちゃんと付き合った期間なんて、わずか一ヶ月半しかない。でも、短いからって忘れるなんてことはなかった。どんどん彼女のことが大切になっていったから。

花火が一瞬だからこそ鮮やかに記憶に残るように、彼女と過ごした日々は僕の脳裏に焼き付いて、クラウドだなんて自慢していた記憶は、かさぶたができることもないまま、時折ズキズキと痛む古傷になっている。

このまま、お別れ。亜鳥とはさようならだ。

「うう……ふっ……うう……」

やっぱりすんなり飲み込むことはできなくて、とめどなく涙が溢れた。

＊＊＊

「青衣、おはよう」

「おはよう……お母さん、今日仕事は？」

「今日は少し遅れて行っても大丈夫だから。お父さんはちょっと難しかったんだけど、明日は来れそうって言ってたわ」

朝、病院の個室で母親と挨拶を交わし、ベッドから降りて立ち上がってみる。新しく買った部屋着は暖かいけど少しぶかぶかで、袖を捲った。

「ありがとうね、いつも来てくれて」

「何言ってるの、当たり前じゃない。青衣が頑張ってるんだから、お母さんだってできる限り支えるわよ」

言いながら、ベッドの下や棚をアルコールナプキンで拭く。こんな場でも母親らしさが出ていて、むしろそれが嬉しくなった。

「谷崎さん、おはようございます。体調どうですか？」

「おはようございます。はい、今朝は割と大丈夫です」

看護師さんにも挨拶しながら窓を開けて、活気のある街を三階から見下ろした。

二月七日、金曜日。恵比寿の病院で朝を迎える。東京には例年より強い寒波が来ているらしく、週間天気予報をいつ見てもところどころに雪マークが見える。この部屋もかなりしっかり暖房が効いていた。

一月下旬から遂に学校を休み、手術で腫瘍の一部を摘出して、今は治る可能性を捨てずに、抗がん剤治療を進めている。入院自体は中学のときにも経験したし、当時お世話になった看護師さんもいるくらいなので、余計な緊張がないのは助かる。

「じゃあ、行ってくるね。また夜に来るから」

「うん、いってらっしゃい」

母親が仕事に向かった後、溜息をつきながら、ここ二週間を振り返る。

食欲が徐々に落ちていき、学校も休みがちになって、手術の予定を少し早めることになった。痛みと苦しみに耐えながら、随分あっという間に日々が過ぎていった気がする。

「疲れた……」

体力が落ちて、寝ている時間が多くなる。それが入院による運動不足のせいなのか、病状の進行のせいなのかは分からないけど、着実に命が減っている。

十月に余命宣告を受けたときからずっと、自分の命が果てるところが想像できていない。でも、今の自分の延長線上に死がある、ということは少しずつ理解できるようになっていた。苦しまずに死ぬことができるのか、死んだら意識はどうなるのか、眠るようにフッと落ちるのか。ネットで検索しても絶対載っていない「死の瞬間」は、何も分からなくて不安に埋もれそうだった。

「あと一ヶ月……」

自分で口にしてみて、その音を耳で拾い、実感した残りの短さに恐ろしくなる。抗がん剤のせいで、きっと来週くらいから髪の毛も抜け始める。医療用の帽子を被ったら、本当に自分が生き死にの瀬戸際にいる人間なのだと、鏡を見ながら自覚することになるだろう。

中学のときみたいに治療の効果が出てほしい。でも、あの頃より明らかに体調が悪化していて、信じきれない。

もし効かなければ。これからは学校に行くこともできず、この病室で刻一刻とリミットが来るのを待つことになるのだろう。

治療しながら味の薄い病院食を食べたり親と話したりしているうちにあっという間に一日が終わり、毎週見ているバラエティーを見たら一週間が終わり、それを四回繰り返したらもう一ヶ月。自分が思っている以上に速く時は過ぎゆき、消えていく命の灯火《ともしび》を感じながら恐怖におののくのかもしれない。

突発的に死ぬのと、徐々に命が枯れていくのは、どっちが良いのだろう。急に事故で亡くなったりする方が、悔いや恐怖に怯えないで済むから楽なのかもしれない。でも、今の自分のような状態なら、周りは心の準備ができるし、少しずつ受け入れていくことができる。だからこれは一つの親孝行だ、なんて考えが浮かんできた。もちろん、健康で生きることが一番の孝行とは知りながらも。

「谷崎さん、検温しますね」

「よろしくお願いします」

さっきとは別の看護師さんに呼ばれたので、ベッドに戻る。窓からは少し遠くの街まで見えたけど、学校は遥か遠く。

治りたいけど、ひょっとしたら、いや多分、もうあそこに戻ることはない。クラスメイトとピースレッドの話をすることもないし、杉畑と昼休みに階段の踊り場で真剣な話をすることもない。

そして、亜鳥と会話することも、笑い合うこともない。

もう、会うことはない。もう、会えない。

「三十七度六分、ちょっと高いですね。安静にしてくださいね」

「……はい」

泣くのを我慢しながらそっぽを向き、看護師さんが病室を去るのを待つ。

ガタン、というドアが閉まる音が聞こえると同時に、涙が頬を伝った。

「亜鳥……亜鳥……」

どれだけ「彼女のため」と言ったところで、心は全くと言っていいほど整理できていない。

ただ、ただ、君ともっと会いたかった。もっと話したかった。もっと笑って、もっと見ていたかった。

もし、寿命が一日縮む代わりに付き合っていたときの君と一時間会えるなら、たとえそれで寿命が尽きるとしても、喜んで残りの命を差し出そう。

「あ……とり……」

横に流れる涙でしょっぱくなった口で君の名前を呼ぶ。たまたまこの病院で特別な関係になって、いつの間にか僕の横にいて、いつの間にか大切になっていた、君に会えなくなることが何より怖くて寂しい。

泣き疲れて眠り、気付いたら午前中が終わっていた。

こうやって、一日が消えていく。

あっという間に三月になり、四月を迎える前に、僕はこの世界からいなくなる。

Side亜鳥　イーゼルとポストカード

「ただいまー」

「亜鳥、おかえりなさい」

家に帰ってきて、母親の声を聞きながら、制服のままリビングに向かった。二月もあっという間に二十五日になって、あと数日で三月になるけど、相変わらず厳しい寒さでリビングの暖房に救われる。

冷蔵庫を開けて、大きなペットボトルの野菜ジュースを上下に振ってからコップに注いでゴクッと一口飲むと、駅からの徒歩で渇いた喉が一気に潤った。

ふと、扉に貼られている、写真が印刷された四角いマグネットに視線を移す。その写真の中では、私と両親が楽しそうに動物園の入り口の前で並んでいた。

「それ、中三のときよ。パンダの子どもが一般公開されるっていうから」

「うん、この前お父さんから聞いた!」

いつの間にかリビングに戻ってきた母親が簡単に説明してくれたので、明るく相槌を打つ。行った記憶はないのに、思い出話を聞いたことだけは覚えてるなんて、皮肉なものだ。

キッチンを離れてテーブルに行こうとすると、真顔の母と目が合った。

「どしたの?」

「……ううん、なんでもない。宿題やっちゃいなさい。今日はチキンカツよ」

「分かった、ありがと」

おそらく「記憶、戻らないの？」なんてことを訊きたかったのだろう。でも、この病気のことが分かった頃、何回かそれを訊かれて私が泣いてしまったことを思い出し、言うのを我慢したに違いない。それに私も気付かないフリをする。お互いの思いやりで出来上がった、暗黙の了解だった。

「疲れたあ」

そう言いながら、制服のままでリビングのテーブルに突っ伏す。気力が回復するまで、少しゆっくりしよう。

楽しい思い出を記憶の中に保てなくなってから、緊張のせいで学校生活が疲れるようになった。

いつ自分の知らない話が出るか、それは自分も参加しているものか、その場合どうやってやりすごすか、そんなことを考える時間が増えたからかもしれない。みんなに打ち明けようと思ったこともあるけど、当事者の私ですら信じられないほど現実離れした話だし、覚えてないことでイジられるのもイヤだった。

「仕方ない、宿題やるか」

自分の部屋に戻ろうとして、小物置き場を通り過ぎる。ふと、ポストカードが目に入った。木製の小さなイーゼルに立てかけてある。

「これ、写真美術館のだ。こっちも」

女の子が笑ってる写真。そして、男の子が笑って犬と一緒に写っている写真。どっちも結構私の好みだ。母親が買ったんだろうか。

「……わっ！」

触ろうとしてイーゼルを前に倒してしまった。前後に並んでいたので将棋倒しのようになる。

「……え？」

両方のポストカードの裏に、何か書いてある。幾つか箇条書きで書いてある文章の上部に、大きなタイトルがカラーペンで縁どられていた。

誕生日祝い　青衣君と

「これ……」

「亜鳥、大丈夫？　顔真っ赤よ？」

母親の心配そうな声が辛うじて耳に入ってくる。

二枚のポストカードの文を読みながら、私の心臓は一気に鼓動を速めた。

第八章　全部、覚えておきたかった

「谷崎さん、お見舞いの方が来てるんですけど……」

事前に連絡をもらっていない来客を看護師さんから告げられたのは、二月二十六日の水曜だった。

永遠に続くように思える寒さはこの一週間ほどがピークのようで、まだまだ毛布が手放せないまま三月を迎えようとしている。

「ああ……大丈夫ですよ、誰でも、来てもらって」

結局、抗がん剤治療はほとんど効果がなく、病状は悪化し、僕は医療用の黒い帽子を被ったまま一日中寝ているだけの生活になっていた。来週にも、緩和ケア病棟に移る予定だ。そこは脳腫瘍を治すためではなく、「緩和ケア」の名前の通り痛みを和らげながら残りの期間を過ごすための場所。

誰にお見舞いに来てもらってもいいけど、自分はどのみち長くはない。今の僕には、不安よりも諦めの気持ちの方が強まっていた。

「ふう……」

体は衰《おとろ》え、体の向きを変えるだけでも痛みと疲労が出る。深く息を吐きながら、うとうとする。


夢を見た。亜鳥が出てきて、あの水族館に行っていた。

次は絶対に行こうと約束していた、イルカがいるというトンネル型の水槽。
亜鳥が近くにいる。でも、その表情は浮かないものだった。
『ねえ、亜鳥』
『……どうしたの、谷崎君』
彼女は、無表情のまま訊いてくる。
『ううん、なんでもないよ』
そう答えるしかなかった。
違う、違うんだよ。こんなデートをしたかったわけじゃないんだ。
付き合ってるときの君と、楽しく過ごしたかっただけなのに。
せめて、夢の中だけでも。
『じゃあ谷崎君、またね』
『亜鳥、待って！　亜鳥！』
いつの間にか涙を流しながら去っていく君を追うけど、追いつけない。
叫んでも、届かない。

「亜鳥……あ、とり……」
「・・・
青衣君」

誰かに呼ばれて、自分が寝言を言っていたことに気付く。頬が濡れるほど泣いていることにも。

「……ん、んん……」

「青衣君、聞こえる？」

「……え？」

聞き覚えのある声に驚いて、いつもの緩慢《かんまん》な動きとはまるで違う速さで飛び起きる。

もう、夢の中でしか会えないと思っていた、茶色がかった黒髪が、風でふわりと揺れた。

「あ、とり……」

安堵しているような、どこか悲しんでいるような、不思議な表情をしながら、制服姿の彼女がベッドの横に立っていた。

「え、なんで、ここが分かったの？」

「私もここの病院長く通ってるからさ。知り合いの看護師さんに頼み込んで、青衣君の病室教えてもらっちゃった。あ、これ、お見舞いね！」

「あ、ありがと……」

美味しそうなパウンドケーキを貰《もら》いつつも、僕は未だに状況が掴めていなかった。

「青衣君、体調、良くないの？」

「うん、あんまりね……って、え、亜鳥、今、『青衣君』って……」

そう言えば、夢の続きみたいな感じだったから意識してなかったけど、彼女はずっと名前で呼んでくれていた。

「亜鳥、記憶が戻ったの……？」

「ううん、戻ったわけじゃないよ。少しだけ戻るきっかけを掴んだっていうか……それで、青衣君に謝りたいことと、怒りたいことがあって」

そう言うと、彼女はゆっくりと頭を下げた。

「私、青衣君と付き合ってたんだよね。そのこと、忘れちゃっててごめんね。私、一月にキーホルダーの話されたときに、ひどいこと言っちゃったなって」

「う、ううん。大丈夫だよ。気にしないで」

もともと僕が忘れてもらえるようにしたんだから、とは言えなかった。

「あの……それで、怒りたいことって何……？」

横になったまま僕がそう訊くと、彼女はまっすぐに僕を見つめる。

「青衣君、なんで……？」

そして体を震わせながら、大粒の涙を流した。

「亜鳥？　あの――」

「なんで勝手に私の中からいなくなろうとするの！」

ベッドの真横に立ち、身を乗り出すような形で泣きじゃくりながら叫ぶ。目を真っ赤にして、彼女は泣きながら怒っていた。

「青衣君と何があったか、十彩ちゃんに今日何度も聞いたけど『青衣君が友達に戻ろうって言った』ってことしか教えてくれなくて『あとは本人に聞いて』って言われたの。青衣君の方から距離取ったんでしょ？」

「それ、は……」

「なんで？　私のこと、嫌いになったの？　だったら、一月のあのとき、私が水族館に行ったこと忘れてて、あんなに悲しそうな顔したのはなんで？」

「そんなわけない！」

咄嗟に僕は言い返す。

「嫌いになんてなってない！　亜鳥にイヤな思い出を残したくなかったんだよ！　だから離れたんだよ。僕だって……僕だって辛かったんだ！」

「それが勝手なの！」

僕に負けないくらいのボリュームで、彼女も叫んだ。

「私が離れてほしいって言った？　嫌な思いしてもいいから、一緒に乗り越えたいって、きっとあの時の私は思ってたよ！　でも……青衣君、何にも言わずに離れたんでしょ……それじゃ分からない……言ってくれなきゃ、なんにも分からないの！」

その言葉にハッとする。亜鳥のため、と思っていたけど結局は自分の気持ちだけで動いていたことに気付かされた。

目の前の亜鳥の目が潤んで、瞬きするとパシッと水滴になる。ベッドにできた涙の染みは、彼女の感情の昂《たか》ぶりと比例するように少しずつ広がっていった。

「ごめんね、亜鳥。亜鳥の気持ちも考えないで、ちょっと独りよがりだった」

「ううん、私こそごめんね。きっと青衣君なりの優しさなんだって、なんとなく分かってたんだけどね」

でも結果的に彼女に辛い思いをさせてしまった。少し気まずくなって、僕は話題を変える。

「杉畑、僕たちが付き合ってたこと、教えてくれたんだ」

内緒にしておいてほしかったな、と思っていると、亜鳥は「ううん、違うよ」と涙を拭いながら首を振った。

「付き合ってたことは、去年の私が教えてくれたの」

そう言って彼女は、バッグからクリアファイルを取り出した。中には、写真美術館で買ったポストカードが二枚入っている。

「一緒に買ったやつだね。懐かしいな」

「ふふっ。青衣君、この裏、見てくれる？」

泣き止んだ亜鳥は、優しい笑顔でそのポストカードを僕に渡してくれた。彼女の手の熱を久しぶりに感じて、手を繋いだときのことを鮮明に思い出す。
初めて一緒に行ったときに買った、少女が笑っている写真の裏面を見る。跳ね方が独特な亜鳥の字で、数行の文章が書かれていた。

初めてのお出かけ　青衣君と
写真美術館でお互い雑に写真の評論したの面白かった！
あとパンケーキすっごく美味しかった！　あれは絶対また行きたい！
詳しいことは、クラウドの青衣君に聞いてね！

「これ、私が書いてたの。ずっとリビングに飾ってたから、書いてたことも忘れちゃってたんだけどね。もう一枚の方も見てみて」

二回目の写真美術館　青衣君と
パンケーキを食べた！
パンケーキも美術館も二回目だったらしいけど全然覚えてなかった……。
でも青衣君の優しさに救われたの！

あーーーーっ！　忘れたくないなあ！　ずっっっと覚えてたいなあ！

これも詳しいことは、クラウドの青衣君に聞いてみて！


明るい文面に、悲痛な叫び。それは、快活な中に影を背負う亜鳥そのものみたいだった。

「これ見ても、何したか思い出せないの。でも……不思議だね、こうして会ったら、想いが蘇ってきたよ」

「想い？」

「うん……青衣君のことを好きだっていう気持ち」

まだ涙目でいる彼女のその言葉に、痩せて冷たくなっていた僕の体が思いっきり熱を持った。

「思い出は記憶から消えたままなのに、青衣君のことを見て、脳じゃなくて心が反応したのかもしれないね」

「思い出してくれたなら嬉しいよ」

想いが蘇ったなんて奇跡みたいなこと、あるはずないと思ってたのに。聞いただけで、喜びが込み上げてくる。

「だからね、全部知りたいの。ここに書いてあるクラウドって、きっと、私の代わりに思い出を記憶してくれてるって意味なんじゃないかと思って」

「うん、そうなんだ」

「だから、私と青衣君がどんな風に過ごしてたか、なんで離れたのか、それに……青衣君が今どんな病気で、どんな状態なのか、全部教えてほしいの！　今のままじゃ、記憶からいなくなったままじゃ、イヤなんだよ……」

「ん……そうだよね」

彼女がまた涙声になるのと呼応するように、僕も声がおかしくなっていく。

「ねえ、亜鳥。その前に、どうしても伝えたいことがあるんだけど、いいかな？」

「え、うん、いいけど……何を？」

僕はゆっくり起き上がり、床に足をおろす。途中で眩暈がしてしまい、もう一度倒れそうになった僕を、彼女は「危ない！」と支えてくれる。

満身創痍《そうい》だったけど、彼女には寝たままではなく、立ち上がって伝えたい。

「今日、来てくれてありがとう。会えてすごく嬉しいよ。あと……」

目に涙が溜まって、視界の中の君が、どんどん歪《ゆが》んでいった。

「亜鳥のこと、好きだったよ。今でも、好きだよ」

「うん……嬉しい、ありがとう」

彼女は自分と僕の涙を拭おうと、ハンカチを取り出す。

僕はそれを見て、「あっ」と短く声をあげた。

「そのハンカチ……！」

何の偶然か、神様のいたずらか、今までまったく見たことのなかった彼女のハンカチを初めて見た。水色で、縁《ふち》が濃い青のハンカチ。

「青衣君、どうかしたの？」

「亜鳥……それ、一年の入学式ときに落としてるの、覚えてる？」

「えっ、そうなの……？　なんで、青衣君が知ってるの？」

「……僕も、一緒に探したから」

今まで、僕も完全に記憶から抜け落ちていた。

入学式の日、たまたま校庭を桜を見て歩いていたら、何かを探し回っている女の子を見かけた。ハンカチを落としたと言われて一緒に探して、無事に見つけたのが、目の前で彼女が持っているハンカチだった。

緊張しながら声をかけたから、相手が誰かなんて全然覚えていなかったし、名前も聞かなかった。まさか、亜鳥だったなんて。

「そっか、そんなことがあったんだ。嬉しいことは全部消えちゃってるなあ」

彼女は優しく笑いながら、ハンカチを見つめる。「中学のときに自分で買ったんだよ」と教えてくれた。

僕は、一番初めに病院で亜鳥が言っていたことを思い出す。

『谷崎君とちゃんと話してみたいと思ってたんだ』

ひょっとしたら、彼女の脳の中、深海の奥深くに、僕と入学式で会った思い出がうっすら残っていたんじゃないだろうか。お互い記憶になかったけど、あの頃から僕たちは不思議な縁で繋がっていたとしたら。

それなら、今こうして一緒にいるのも、幸運な必然なのかもしれない。

「ねえ、青衣君。もう一度、さっきの言って」

「ん……」

僕は少し照れながら、繰り返し、想いを伝える。たったそれだけのことで、また泣きそうになってしまう。

「僕は……亜鳥のことが好きです」

亜鳥はあの時のハンカチで、僕の目尻を優しく拭った後、自分の目を擦って、真っ赤な目で学校にいるときのような明るい笑顔を見せた。

「うん、ありがとう……私も、私もね、青衣君が好き！　ありがとう！」

僕の手をぎゅっと握る。さっき涙を拭いた意味がないくらい、亜鳥は笑いながら泣いていた。

急に再会したと思ったら、すぐに僕の心をあの頃まで戻して、嬉しくさせたり、悲しくさせたりする。君といると、いつだって心の制御ができなくて、未だに君への想いがこれっぽっちも枯れてないことを思い知る。いつだって、今だって、君が大好きなのだと、目からこぼれ落ちる涙が教えてくれる。

「じゃあさ、もしかして、これも」

そう言って、彼女が胸元から何かを引っ張って出して見せる。それは、僕が贈ったシルバーのネックレスだった。

「このネックレスもさ、十彩ちゃんから貰ったと思ってたけど、青衣君がくれたの？」

「うん、そうだよ」

「やっぱりそうなんだ……ふふっ、良かった。今日、青衣君に会おうと思ってたから、ひょっとして、と思ってつけてきたんだ」

彼女はそのプレゼントをゆっくりしまうと、真剣な表情で僕に向き合った。

「じゃあこれから、全部聞かせてくれる？」

「うん。思い出のこと、ちゃんと話すよ」

「ありがとう。でも青衣君、その前にね」

「うん？」

一瞬間が空く。彼女は少し顔を赤らめた後、口角を上げながら続けた。

「私たち、もう一度付き合おうよ！」

「え……？」

あまりにも突飛な提案に思わず言葉が途切れる。彼女はどこか緊張した様子も見せつつ、もう一度僕の手を握った。

「だって、せっかく二人とも両想いなら、ちゃんと元の関係になってから聞きたいなって思って。それに、さっきも言ったけど……」

彼女は、僕に触れていた手を、帽子、そして手首へと移していく。すっかり細くなった、僕の手首へ。彼女の体が小刻みに震え、強張った顔で続けた。

「これ、どうしたの？ ただの体調悪いだけの入院で、こんな風になる？ 今日、一目見たときから心配してたの。本当は、すごく重い病気なんじゃないかって……」

分かっていたけど、やっぱり気になるだろう。ここまでずっと、言わずに我慢してくれていたことに感謝した。

「こういうことも、ちゃんと知りたいの。もう一度付き合って、全部教えてよ。私、青衣君の大変なこと、一番近くで受け止めたいって思ってるの。だって、きっと私の病気のことも、ずっと受け止めてくれてたでしょ？」

ニッと彼女は笑った。歯を覗かせて、僕の一番好きな笑顔を見せる。

ああ、やっぱり僕は、亜鳥を好きになってよかった。好きになってもらえて良かった。一度止まったはずの涙が流れ出す。それは、十一月で止まった時間が動き出すのと似ているのかもしれない。

そして、もう一つの考えが一気に頭の中を過る。

これもきっと「楽しい思い出」だから、これから残りの日々を彼女と過ごせば、二ヶ月後にはまた、付き合ったことも忘れてしまうに違いない。

それなら、付き合っても罰は当たらないだろうか。自分の残された人生に少しでも明かりが灯るなら、もうデートはできないけれど、自分の中にある楽しい記憶をたくさん話して聞かせよう。

僕は、背中の痛みを少しだけ我慢して、座ったままピンと背筋を伸ばした。

「じゃあ……平本亜鳥さん。もう一度、僕と付き合ってください」

「谷崎青衣君、こちらこそ、よろしくお願いします」

二人で頭を下げ合った後、僕は彼女に話す覚悟をぶつけるかのように、力を振り絞って右手の拳を自分の左手にパシンとぶつける。

「そしたらさ、今日は僕の体のこと、聞いてもらってもいい？　少し長くなるけど」

「もちろん。聞かせて」

そこから僕は、亜鳥と出会う前からの話をした。脳腫瘍を患っていたこと、中学で快復したけど再発したこと、亜鳥が「楽しい思い出だけ忘れてしまう」なら僕が弱っていく姿だけをずっと覚えていることになると思ったこと、それがイヤで友達に戻り僕が記憶からいなくなるまで距離を置いたこと、杉畑に協力してもらったこと。

そして、僕が生きていられる時間はほとんど残っていないだろうといこと。

「残りって……あとどのくらいなの？」

亜鳥が目を見てまっすぐ訊いていた問いに、一瞬目を背けたくなる。でも、これはきちんと答えないとダメだ。

「あと……一ヶ月もてばいい方じゃないかな。桜の季節は迎えられないと思う」

「一ヶ月……」

彼女は大きく目を見開き、そしてスッと目を細める。やはり驚かせてしまった。泣かれてしまうのかな、それとも黙っていたことを怒るのかな、と思っていた矢先、彼女は座ったままグッと身を乗り出し、腕を伸ばして、ポンポンと僕の頭に手を乗せる。それは、叩くというより、撫でるという方が近かった。

「頑張ったねぇ」

まるで親が子を褒めるように、亜鳥は優しくそう言った。

「十彩ちゃん以外のクラスのみんなにずっと内緒でさ、私にも言えないまま、ずっと独りで病気と向き合ってたんでしょ？　それって、青衣君は意識してないかもしれないけど、すごく頑張ったんじゃないかなって思ったの。だから、私だけは、心配するだけじゃなくて、褒めてあげたいなって」

「そっか……」

自分の手を見る。随分痩せてしまった。入退院なんて何回もやってきたから、あんまり気にしてなかったけど、そうなのかな。

「僕は、頑張ったつもりだよ。入院も治療も。だから、亜鳥に褒めてもらえてすごく嬉しいよ」

「うん！　いっぱい褒める！　青衣君、君は頑張りました！」

「……ふはっ！」

「あ、笑った！　青衣君、今日初めて笑ったじゃん！」

亜鳥が拍手をしてくれたのがなんだか場違いすぎて、それが妙に可笑しくて噴き出してしまった。

君を避けたはずなのに、結局は君との世界に戻ってくる。自分の心の声に耳を澄ませるなら、それがなんだかすごく自然なことのように思えて、僕は彼女ともう一度付き合えることが本当に幸せだった。

翌日から、亜鳥は学校終わりに、僕から思い出話を聞くために病院に来てくれるようになった。

「やっほー、青衣君！」

ベッドで寝たまま起き上がり、壁に寄りかかって楽な体勢になりながら、僕も「来てくれてありがとう」と挨拶する。

「本当に今日も来ると思わなかったよ」

「いやいや、約束したでしょ？　また明日ね、って」

昨日まで静かで寂しかった病室が、一気に賑やかで華やかになる。彼女の笑顔に部屋全体が明るく染められているようだ。つられて、僕も元気をもらえる気がする。

「さあ、クラウド青衣君、出番ですよ！」

「なんか、売れない芸人の名前みたいでイヤだな……」

「確かに、なんかそれっぽい！」

亜鳥は手を叩いて笑う。こんな風に話すのも、随分久しぶりだ。

「今日はさ、初めて写真美術館に行ったときの話聞きたいな。ほら、ポストカードの裏に、青衣君に聞いてって書いてあったでしょ？　私、パンケーキの話聞きたくて」

「あ、うん、いいよ。えっとね、時期は六月だよね。パンケーキのお店は——」

「ちょっ、ちょっとストップ！」

そう言って、彼女は手のひらを僕に向けた。

「あのさ、このときって付き合ってないよね？　どっちから誘ったの？」

「……ふふっ、さて、亜鳥さん、どっちからでしょう？」

「うわー、気になる！　んっと……青衣君から！」

「残念、亜鳥からだよ」

「私だったのかー！」

二択を外しただけで大袈裟に頭を抱える彼女に、経緯を聞かせてあげる。病院でたまたま一緒になって病気の秘密を知ったこと、彼女が「誘いやすい」と言って声をかけてくれたことを、亜鳥は興味深そうに聞いてくれた。

「それで、六月に亜鳥が写真美術館に行きたいって言ったから、僕が恵比寿のパンケーキを調べて、『ここもどう？』って誘ってみたんだ」

「なるほど、私が青衣君を美術館に誘ったら、逆にまんまと私がパンケーキに釣られたってわけね」

亜鳥は、釣り針に引っかかった魚を表現するように、自分の人差し指を右頬の内側に引っ掛けてぐいっと引っ張る。その顔が可笑しくて、合わせるように僕も両手で釣る仕草をしてみせた。

「でもさ、なんで青衣君はわざわざパンケーキのお店調べてくれたの？」

「え……まあ、お昼の場所とかでうろうろすることになったら恥ずかしいし、チェーン店で済ませるみたいなのもイヤだったから、ちゃんとしたところに行きたいなと思ってね」

少し目を逸らしながら答え、ちらっと彼女を見ると、にまにまと微笑んでいた。

「そんな風に考えてくれてたの嬉しいなあ！」

「いいから、デート当日の話に移るよ」

「あ、照れてる！」

クラウドと言っていたけど、当時の自分の気持ちまで訊かれたりして、ドギマギしながら彼女に共有していく。

でも、何の準備もしてなくても時系列に沿ってすらすらと話せるくらいは覚えていたんだ。こうしてベッドに横になって、ずっとこの思い出に浸っていたから。

＊＊＊

翌週の頭には、亜鳥と杉畑で揃ってお見舞いに来てくれた。

「それで、私そのスーパーの名前をど忘れしちゃって、電話で十彩ちゃんに『ほら、お惣菜とか売ってる店だよ』って咄嗟《とっさ》に言ったの！　そしたら、十彩ちゃんが『ここかと思った』ってお弁当屋さんに行ったんだよ！　ね、青衣君、おかしいでしょ！」

「いやいや、谷崎、これは亜鳥が最初に誤解するようなヒントを出したからだと思うんだけど、どう思う？」

病院から追加で用意してもらったスツールに並んで座る二人から交互に説明を受け、僕は笑いながら首を傾《かし》げる。

杉畑も、久しぶりに会ったけど、学校で会ったときのように自然に振る舞ってくれるのがありがたかった。

「いやあ、どっちもどっちな気がするけどなあ。亜鳥ももっとちゃんとしたヒント出せるし、杉畑も普通に考えたらお弁当屋には行かないでしょ」

「うわっ、十彩ちゃん、聞いた？　彼女の味方をしてくれないなんて！」

学校の一部がここにワープしたのかと思うようなおしゃべりに溢れた空間に、僕の口元は自然と綻ぶ。病室がこんな賑やかになるなんて、少し前なら考えもしなかった。

そして、杉畑が来てくれたのは助かる。ちょうど相談したいことがあったから。

亜鳥が一時的に病室を抜けている間に、彼女に話しかける。

「杉畑、亜鳥のこと、ありがとうね。色々フォローしてくれて」

「ううん。約束したしね」

僕が亜鳥と離れたときに、楽しい思い出で埋めてあげてほしい。それが僕の願いだった。

「でも良かった。谷崎と亜鳥がまた一緒になって」

「うん、でも、ずっと続くわけじゃないからさ」

僕は自分の帽子をポンポンと叩きながら、穏やかに笑ってみせる。

「自分は最後まで亜鳥と楽しい思い出を作るから、だから僕が亡くなった後は、また引き続き楽しい思い出作ってあげて」

そう言うと、杉畑は顔を俯かせた。

「……分かった、って言いたいけど、そう言ったら谷崎、安心してすぐ旅立ったりしちゃいそうでイヤだなあ……」

そう言ってしばらく黙る。窓から鳥の鳴き声がここまで響いてくる。亜鳥がいない空間が、こんなに静かだなんて。

やがて杉畑は、目を潤ませて視線を上げた。

「どうしてもダメになったら、後は任せて」

「ああ、うん。ありがと。杉畑がいて良かったよ」

本当は僕がずっと楽しませてあげたいけどそうはいかなくて、彼女に亜鳥を託す。

それは事実上の別れの挨拶みたいで、僕と杉畑は亜鳥が戻ってくる前に急いで涙を拭いた。

「そういえば、谷崎は外出することはできるの？」

亜鳥が戻ってきてから不意に杉畑に質問され、僕はお医者さんに言われたことを思い出すように右上を見ながら答える。

「うん、薬を飲んでおけば、事前に許可取って半日くらいは出かけられるよ」

ふうん、と何やら杉畑は楽しそうに頬をつり上げている。

「そしたらさ、亜鳥と外出したら？」

「え？」

「ええっ！」

僕と亜鳥が、同時に声をあげる。

「いいじゃん、思い出作りなよ。あっ、私はパスね。デートに交ざるなんて無粋《ぶすい》だし、後で亜鳥から様子聞ければ十分だから」

そのまま、最近流行りのアニメの話を数分してから、杉畑は「家の用事があるから」と言って帰っていった。来たときにはそんなこと口にしていなかったので、おそらく亜鳥と話す時間をくれたんだろう。気遣いができる友達だな、と思う。

残された僕と亜鳥は、お互い顔を見合わせた。照れたように頬を赤らめる亜鳥に見《み》蕩《と》れる。

綺麗な顔だと分かっていたけど、こうして真正面から見ると、その白黒の色がはっきり分かれた目やスッと鼻筋の通った顔立ちを、改めて美しいと感じた。

ふと気が付くと、彼女も僕をジッと見ていた。

「亜鳥、どうしたの？」

「ううん……ちょっと、言うの恥ずかしい」

そう言って、頬を赤くしながらそっぽを向く彼女に、僕は「ねえ」と呼びかけた。

「もし良かったら、教えてよ」

「……笑わない？」

「笑わないよ」

彼女はやや逡巡した様子を見せた後、照れ笑いしながら僕に向き直る。

「なんか、会う度に、好きって気持ちが蘇って、強くなるなあって」

「ん……そっか」

あまりにもストレートな表現に、僕も照れてしまい、近くにあったタオルケットで口元を覆った。

慌てて話題を変えるように、彼女は両手をパチンと鳴らす。

「ねえ、青衣君。さっきの話、本当に出かけられたりするの？」

「うん、食事は難しいかもしれないけど、少し外に出るくらいなら大丈夫だよ」

緊張した面持ちで話していた亜鳥の表情が、僕の返事を聞いた瞬間、曇天に晴れ間が差したようにぱあっと明るさを帯びる。

「じゃあさ、予定見るから待ってて。んっと……九日の日曜日に外に行こうよ！」

「うん、分かった。楽しみにしてる。亜鳥、行きたいところはあるの？」

すると彼女は、少しだけ俯いた後に、上目遣いで僕を見た。

「んっとね、ワガママ言ってもいい？」

「もちろん。せっかくだから亜鳥の行きたいところがいいな」

「ありがと！　じゃあね……」

微笑みながら彼女が告げたのは、意外な場所だった。

第九章　「好き」の形

「青衣君、お待たせ！」

三月九日の十三時。彼女が駆けてきた待ち合わせ場所は、駅前でも目印になる建物でもなく、緩和ケア病棟の一階だった。

僕は「多分、最後のデートだから」と両親に頼んで、外出できる服を持ってきてもらい、久しぶりに外着に身を包んで病室の外に出た。

緩くなったパンツは痩身になった証で、ベルトの穴が去年より二つズレている。まだ三月上旬で寒いので、細くなった腕を長袖のネルシャツで隠すことができた。

とはいえ、歩く力はほとんど残っていなくて、車椅子に黒いニット帽を被っている僕は、紛れもなく病人だ。

「ごめんね、少し遅れちゃった」

息を切らしながらも、僕を見て「カッコいいね」と褒めてくれる彼女に、「亜鳥、おはよう」と挨拶する。

「ここで良かったの、集合場所」

「え、なんで？　ここなら青衣君、来るの楽でしょ？」

「そうだけど、なんか縁起悪いかなって」

「そんなことないって。それよりどう？　今日の服装」

彼女はくるっと後ろを向いて、また一回転する形で元に戻る。

オレンジ色の英字がプリントされた白いTシャツに、淡いピンク色のカーディガン。下は薄ライム色のプリーツスカートに、少しだけ厚底になっているサンダル。ほんの少し先の春を先取りするような服装に、見ているこっちも元気になってくる。

「ねえ、青衣君ってば」

「あ、ああ、うん、似合ってるよ」

「ありがと！」

むふーっと上機嫌な顔を見せた後、彼女はごく自然に車椅子の手押しハンドルを握って、僕を入り口の自動ドアまで案内してくれた。

「じゃあ、公園に向かって出発！」


以前遊びに来たときとは逆の道順を辿り、ＪＲ恵比寿駅へ向かう。途中、思い出の店を通り過ぎた。

「ほら、あそこがパンケーキの店だよ」

「あっ、あれなんだ！　すっごくオシャレ！　いつか行ってみたいなあ！」

「どのパンケーキもすごく美味しいから」

決して「一緒に行こう」とは言えなくて、でも「他の人と行って」と言うのも違う気がして、別の話題に切り替えてやりすごした。

これがきっと、僕と亜鳥の最後のデートになる。もともとデートに行けるなんて思ってなかったから嬉しい反面、タイムリミットを意識してしまう悲しみもある。でも、亜鳥もきっとそれを分かってて提案してくれているんだから、僕も今日は楽しく過ごそうと決めていた。

ＪＲ恵比寿駅から山手線に乗って二駅、原宿で降りる。車椅子に乗って電車に乗るのは最初は恥ずかしさで抵抗もあったけど、亜鳥と話しながら乗っているうちにそれも気にならなくなった。

「なんかさ、春が近くなった感じがする！　最近、暖かいって思う日増えたもん！」

「そっか、僕はずっと病室だから寒く感じるなあ」

本当に久しぶりの外は存外寒かったし、体力も足りないだろうし、亜鳥がいなかったらここまで来れなかっただろう。でもきっと、もし自分が歩けたとしたら、亜鳥は横でペースを合わせてゆっくり進んでくれたに違いない。それなら僕は、体力が尽きるまで一緒に歩きたいと思った。

数分歩くと、不意に亜鳥が興奮気味に手押しハンドルを叩く。

「あ、青衣君、見えたよ、ほら！」

「ホントだ」

それは、いつか来てみたいと思っていた代々木公園だった。よくイベントをやっていて、テレビで中継もしている大きな公園だ。

「ねえ、亜鳥。なんでここに来たいと思ったの？」

「んー？　んっとね……」

僕の上から声がしたので見上げてみると、彼女は右の人差し指で目の下を掻いている。それは、答え方を迷っているような仕草だった。

「私は青衣君とお出かけした記憶がなんにもないから、きっとどこに行っても楽しいんだよね。だから、青衣君に外を見てほしいなって思ってさ。ずっと病院だったでしょ？　少しでも空とか木々の色を見てもらえたら良いなって」

「そっか、そんな風に考えてくれるの、嬉しいよ。ありがとう」

「よし、じゃあ行こう」

車いすを押そうとしてくれる彼女に、僕から一つ提案をした。

「ねえ、亜鳥。ここから、自分で進んでもいい？」

「え、青衣君がタイヤを回すってこと？　いいけど、体調は平気？」

「うん、大丈夫。並んで歩きたくてさ」

そう言うと、彼女はとても嬉しそうに「そっか」とにっこり笑った。

「じゃあ一緒に見て回ろう！」

ハンドリムを握り、自力でタイヤを回していく。

押されるのと違ってすぐに疲れてしまうけど、幾度も休憩しながら公園を少しずつ見ていった。

僕は不安になって、亜鳥に訊いてみる。

「亜鳥、楽しい？」

「どうしたの急に？　うん、楽しいよ！　こうやって綺麗な景色見てるだけで楽しいでしょ？　それに、青衣君と話してるともっと楽しいしね。ねえねえ、二人でこういう公園行ったことってなかったの？」

「ううん、実際には行かなかったけど、水族館デートのときに、隣にある『丘の広場』ってところに寄ろうかって話したなあ。バラ園があるんだよ」

「えっ、そうなんだ！　その話聞いてなかった、聞かせて！」

こうしてまた、クラウドとして亜鳥に楽しい思い出を話して聞かせる。体調の悪化のせいで前より話す速度はゆっくりになってしまったけど、それでも亜鳥は楽しそうに聞いてくれた。

あまり見たことのない花が並ぶ道をしばらく進んでいくと、亜鳥が「あっ」と言って道に落ちていた何かを拾った。どうやら、木の実らしい。

「青衣君、見て、これ。なんの実だろうね？」

「ううん、なんだろうなあ」

その堅そうな実を見ていた彼女が、瞬間、ぱあっと明るい表情を浮かべた。そして、僕に向けて意地悪げな笑みを浮かべる。

「ねえねえ、青衣君。この実、思いっきり私にぶつけてみて」

「え、なんで？」

「いいからいいから。思いっきりだからね！」

投げないと納得しなそうだったので、仕方なく受け取った木の実を握り締める。座ったままだと力が入らなそうだったけど、わざわざ彼女は中腰で僕の近くに来てくれたので、持てる力を全て使って投げてみた。

「えいっ！」

「おおっ、結構痛い！」

腕に当たったらしい彼女は、なぜか嬉しそう。さて、今度は僕が理由を訊く番だ。

「で、亜鳥、なんでこんなことしたの？」

「えー……気になる？」

「もちろん、気になるよ」

そう言うと彼女は、照れたようにスンッと鼻を鳴らしてから、やや恥ずかしそうに口を開いた。

「楽しい記憶だと忘れちゃうからさ、急に木の実ぶつけられたなんて悲しい思い出だったら、ずっと覚えてられるかなって」

その答えに、僕はしばらくポカンとしてしまう。そして、我慢できなくなってプッと噴き出した。

「言われて投げたのに、急にぶつけられたって、すごい記憶の改ざんだけど」

「まあ、そのあたりはね、都合良くってことで」

「それで、実際は悲しかったの？」

「ううん、なんか楽しかった！　あんまり意味なさそう！」

「うん、顔見てれば分かるよ」

可笑しそうに笑う彼女を見ているだけで心が満たされていく。半年前、僕たちは確かに、こういうやりとりをしてはたくさん笑っていた。

そしてまた、園内を進んでいく。掲示されている地図をちらちら確認している彼女を見るに、どうやら目的地があってそこに向かっているらしい。

と、亜鳥がまた立ち止まって、遠くにあるベンチを眺めた。

「ああいうカップル、素敵だなあ」

彼女は、ベンチに座っている二十代くらいの男女二人を見ていた。まるでオシャレなソファーの真ん中を軽く空けるように左右に分かれて座って、男性の方は文庫本を読み、女性の方は音楽を聴いている。

「なんかさ、あの距離でああやって二人別々のことをやるのって、いいなって思うんだよね。全部一緒のことをしたい、っていうんじゃなくて、お互いのことを尊重し合って、干渉しすぎないっていうか、すごく良い関係だなって」

「確かに、言われてみるとそうかも」

付かず離れず、なんて言葉を思い出す。お互いの趣味も。その時間が大事なこともちゃんと分かったうえで、一緒の時間を別々に過ごす。亜鳥の話を聞いて、理想の関係に思えた。

「うん、僕も好きだな」

「良かった、青衣君と感覚が似てて」

嬉しそうな彼女と共に、どんどん先へ進んでいった。

一体どこまで行くんだろう。そんな疑問に応えるように、隣にいる亜鳥が「もう少しだよ！」と僕を鼓舞する。

押してもらうこともできるけど、そうしたくない。自分の力で、彼女の隣にいたい。タイヤを回して進んでいくこと数分。遠くに噴水のある池が見えてきた辺りで、亜鳥が僕の名前を呼んだ。

「青衣君、目瞑《つむ》ってくれる？」

「え、なんで？」

「いいからいいから」

仕方ないので、言われるままに目を瞑る。何を見せるつもりなんだろう、楽しみ半分、不安半分のまま、彼女に後ろから押されて進んでいった。

「はい、目開けていいよ！」

合図と共に開ける。そこには、桜が咲いていた。

「え……これ、桜……なんで、まだ三月……」

「そう、この河津桜《かわづざくら》って二月下旬から三月上旬に咲くの」

十本くらいしかないので、花見のときの名所に比べたら迫力なんてまるでない。それでも、季節外れというくらい鮮やかなピンクの桜が僕の目の前で咲き誇っている光景はとても見事で、いつまでも見ていられそうだった。

「青衣君、前に言ってたでしょ。桜の時期までは生きられないかもって。だから、どうしても見せてあげたくなって。開花予想見てて、この時期なら咲いてるんじゃないかって思ったから」

「そっか、それで、この公園に来たいって言ったんだ」

「喜んで……もらえた？」

「うん、すっごく嬉しい。ありがとう」

僕は、入学式の日を思い出していた。ハンカチを一緒に探した、朧気《おぼろげ》だった彼女の顔が、亜鳥になって脳内で再生される。

「亜鳥と初めて会ったのも、桜の下だからさ。なんか、もう一度一緒に見られて嬉しいよ」

「そっか、そうだよね。ふふっ、良かった、笑ってもらえて」

風に髪を靡《なび》かせる彼女が、とびっきりの笑顔を見せる。なんて綺麗なんだろう。

二回目のお付き合いのはずなのに、三回目の恋をしそうだった。

「亜鳥、ここ、もう少し見てもいいかな？」

「うん、ゆっくり見よう。そしたら、一緒に帰ろうね」

長時間の外出は体に強い負荷がかかるということで、もう少ししたら帰らないといけない。デートの時間も、もう終わりだ。

「ねえ、青衣君！」

唐突に、亜鳥が僕の肩を勢いよく叩いてから、スマホを取り出した。

「今日の思い出にさ、一緒に写真撮ってよ！」

「ツーショット？　うん、いいけど……亜鳥、自分のスマホで写真撮らないんじゃなかった？」

「ううん、今日は別！　絶対、青衣君と撮るって決めてたの」

その言葉の意味を考える間もなく、彼女の表情で察した僕は、「そうだね」と言って亜鳥のスマホで撮ることにした。

「んー、場所はどこがいいかなあ」

二人で周囲を探すと、手すりの高さがちょうどいいベンチがあった。

彼女はそこにスマホを置き、セルフタイマーで撮影できるようにする。

「十秒後にシャッター切るよー！」

ボタンをタップして、すぐに僕の隣に戻ってくる。

「あ、青衣君、しまった！」

「どしたの？」

「どんなポーズで撮るか決めてなかった！」

スマホから小さくカウントが聞こえる中、彼女は午後の心地よい風に煽《あお》られているかのようにばたばたしている。

「普通にピースでいいんじゃない？」

「えー、普通すぎない？　じゃあさ、私も中腰になるから、お互い手をクロスさせて、体の下から少しだけピース出して、相手の手みたいに見せようよ！」

「……それ、なんの意味があるの」

「……あんまりない！」

すぐにツッコミを入れてしまい、二人でそれがツボに嵌ってしまって、ほぼ同時に噴き出す。その間に、絶妙なタイミングでシャッターが切られた。

「もうっ、青衣君のせいで変な写真になっちゃったよ！」

「いやいや、亜鳥が変な提案したから」

口を尖らせる仕草をしながらスマホの画面を確認する亜鳥が、やがて満足げに頷きながら僕の方へとやってきた。

「見て見て、結果的にすっごく良い写真になってない？」

「……うん、本当だね」

その画像を見て、息が詰まりそうになった。二人とも、奇跡みたいに満面の笑みだったから。亜鳥と一緒なら、どんな状況だって、こんな風に自然に笑えるんだ。

「良い思い出になったよ。青衣君、ありが――」

ほぼ無意識で。僕は足に力を込めてゆっくりと立ち上がり、亜鳥を抱き締めていた。

「青衣、君……？」

「ごめん、亜鳥。少しだけ、このままでいい？　言わないようにしようと思ってたこと、口にしてもいい？」

彼女は、優しく僕の背中に手を回す。服越しに温もりが伝わってきて、僕の心を揺らす。振動が体の中で波になって、目から涙になってこぼれる。

「いいよ。全部忘れてあげるから、言ってみて」

その言葉が免罪符になって、溜まっていた感情が音になって溢れた。

「怖くなった。死ぬのが怖くなった。平気にしようって頑張ってたけど……ふっ……うう……亜鳥と一緒にこうやって数日過ごしたら、やっぱり平気じゃなくなった。もっと長くいたいって、その……死ぬ、ことにどんどん未練が出てきて……」

彼女の肩を涙でぐしゃぐしゃにして、腕に力を入れる。亜鳥のことをもっと感じていたい。

もう長くは生きられない自分が、彼女をここまで近くに感じられる最後の機会だと、分かっていた。

「ごめん、ごめんね。急にごめん……」

「ううん、大丈夫だよ。もう少し、こうしていようね」

君が「いいな」と言っていたさっきのカップルみたいに、二人が一番良い距離で過ごせる未来があったかもしれないのに、それは叶わない。君と歩く道は僕だけ途中で途絶えていて、もう一緒に進むことはできない。

それが、ただただ寂しい。足元が覚束《おぼつか》なくなるような感覚に、支えてもらうように彼女を強く抱き締める。

「亜鳥……好きだよ」

「うん、知ってる。私も青衣君が好きだよ」

「本当に、さ。本当に好きだから、離れるのが辛いよ……」

「うん、私も、寂しいんだよ。青衣君……寂しいよ……」

自分と相手の気持ちを確かめるように、言葉を交わす。耳に溶ける彼女の優しい声は、記憶に焼き付いて一生忘れられそうにない。徐々に暗くなってきた公園で、僕と彼女の影は、いつまでもずっと一つに重なったまま。

もう行かなくちゃ。最後に何を話そう。どうやってお別れするのがいいかな。

たくさん悩んでいた僕の中に浮かんできたのは、一つの謝罪だった。

「ねえ、亜鳥」

「うん？」

僕が車椅子に座り直すと、彼女も一緒にしゃがんでくれた。

「……忘れる暇がないくらい、僕が思い出で埋め尽くすって、去年君に伝えたんだけど、約束守れなくてごめんね」

そう言うと、彼女はキュッと唇を内側に巻き込んだ後、数回瞬きをする。魔法で果実が熟《う》れたかのように、あっという間に目が真っ赤になった。

「あーあ、泣かないように我慢してたんだけどなあ！」

そう言って亜鳥は指で涙を拭い、「いいんだよ」と思いっきり顔を近づける。

「青衣君、私はそれでいいの。忘れたってことが、好きだって気持ちの証だから」

「証……？」

「クラスの子と話したことも、十彩ちゃんとおしゃべりしたことも覚えてるのに、青衣君との会話って、なんにも覚えてないの。付き合う前の会話も、付き合ってるときの会話も。付き合ってることを忘れたって、雑談くらい少しは覚えてそうでしょ？でも綺麗さっぱり忘れてる」

彼女の言っている意味を分かりかねて目を細めていると、彼女は静かに涙を流しながら続けた。

「きっとそのくらい、全部が楽しくて、嬉しかったの。そのくらい、青衣君と話すのが、青衣君といるのが大好きだったんだよ。だからね、全部忘れられるような恋をさせてくれて、ありがとう」

消えかけの命に、熱が息を吹き返して、体中が熱くなる。この瞬間だって、やっぱり僕は君に恋をしているんだと気付かされる。

「ありがとう。そう言ってくれて嬉しい。亜鳥、ありがとう。本当にありがとう」

「ううん、私の方こそ、ありがとね。ありがとう」

お互い、固く手を握って、何度も何度もお礼を言う。

もう後悔はない。忘れてくれる、そんな愛情があるなら、それだっていい。

僕を忘れてくれてありがとう。きっとまた忘れてくれるだろう。今はそれが、何より愛おしい。

そして、もし一つだけ、何を犠牲にしても望みが叶うなら、やっと気付いたこの新しい「好き」の形を、もう少しだけ楽しみたかった。何も覚えていない、僕が初めて恋した君の横で、「覚えてないんだね」ってにんまりしながら教えてあげたかった。

「最後までずっと覚えてるから。だから、さよなら、亜鳥」

彼女に車椅子を押されながら、気付かれないよう呟く。

今日のことも、いくらでも忘れてくれて大丈夫。

そう、たとえ、明日の君から、僕だけの記憶が消えても。

君の気持ちはちゃんと分かってるし、僕は心臓が止まるそのときまで、忘れることはないから。

エピローグ

「ねえ、十彩ちゃん見て、イチョウがすっごく綺麗だよ」

「ね、綺麗。紅葉《こうよう》見ると秋って感じだよね」

「でも気温はだいぶ寒いから冬って感じだよねえ」

急に吹いた風が、私の体にコートの裾《すそ》を巻きつける。

ハロウィーンも終わり、街は年末に向けた模様替えのように、ベージュやブラウンのコートが咲くようになった。

茶道部を引退した十彩ちゃんとはこうして毎週のように週末遊んでるけど、あと二ヶ月もすれば大学受験本番だ。

「そういえば、今年の花見のときも亜鳥は同じようなこと言ってたよね。桜は満開だけど、気温はだいぶ寒いからまだ冬だって」

「そんなこと言ってたっけ？」

「ま、忘れてるよね。あのときの方が寒そうだった」

十彩ちゃんは笑いながら、春の私の真似をする。

相変わらず、花見のことも覚えてない。でも、それでいい。忘れてることにがっかりする暇がないくらい、楽しいことで埋め尽くせばいい。彼がそう言っていたんだよ、と十彩ちゃんは定期的に私に教えてくれる。何回聞いても素敵な言葉だ。

青衣君のことは、顔は覚えているけど思い出は空っぽ。彼が三月に病気で亡くなる前に挨拶に行ったらしいけど、それも忘れてしまった。だからこそ、彼と過ごした時間は、全部すごく楽しくて、嬉しいことだったんだと、胸を張って言える。

十彩ちゃんがスマホで何かを調べている間に、私もスマホを開く。ふと聞きたくなって、保存されている音声データのうち、「付き合ってからの初デート」とタイトルをつけられたデータをタップした。

『えっと、付き合ってからの初めて出かけたのは、十月五日の土曜だね。八景島まで結構遠かったよ』

『ねえねえ、なんで青衣君は水族館に行こうと思ったの？』

『いや、なんか……それまでも亜鳥とは遊んでたけど、水族館とかは付き合ってからじゃないと誘っちゃいけない気がしてさ。だから行きたかったんだ』

彼が亡くなる前に、忘れた私にたくさん思い出を全部聞かせてくれて、それを録音していたらしい。亡くなる前にデータを送ってくれたみたいだ。話しているときから、こうやって残そうと考えていたんだろう。

写真のフォルダを見ると、青衣君に送ってもらったという水族館でのツーショットや、私が撮ったらしい公園でのツーショットが出てくる。二人とも、楽しそうに笑っている。

青衣君の声を聞いたり写真を見たりしても記憶は戻らないけど、胸の奥が温かくなって、彼に恋する気持ちが蘇ってくる気がする。

たとえ、今の私から、君だけの記憶が消えていたとしても。

こうして私は何度でも、君からもらった初恋を受け取るんだ。

「ねえ、亜鳥、今日お昼どうする？」

「あ、十彩ちゃん、実はさ、行きたいと思ってるパンケーキのお店あるんだよね！一緒に行こうよ！」

彼女の手を引っ張ろうと腕を伸ばした勢いで、肩に掛けていたバッグの金具部分を首元のチェーンに引っ掛けてしまい、チェーンが切れてしまった。

あっ、と叫ぶと同時に、そのティアドロップのペンダントが地面で何回か跳ねる。

一瞬見失ってしまったけど、近くにいた小学生くらいの女の子がしゃがんで足元で止まった。

「これ、お姉さんの？」

「うん、ありがとう。すっごく大事なものだったから、助かったよ」

「えー、なになに、プレゼント？」

楽しそうに訊かれて、私も笑って「そうなの」と答える。

「好きだった……ううん、好きな人に貰ったんだよ」

覚えていない君のことを、今日も想っている。

あとがき

皆さん、楽しんで頂けましたでしょうか。本作をお読みいただき、ありがとうございます、六畳のえるです。

今回のテーマは「記憶」「思い出」です。記憶をなくすというのは小説の世界では珍しくない設定ですが、もし、誰かと一緒に過ごした、楽しい思い出だけが消えてしまったらどうなるんだろう。そんなアイディアを膨らませて、この作品はできあがりました。

皆さんがふとしたときに思い出す、楽しかった日々の記憶。それが自分の中からなくなってしまったとき、どんな気持ちになるか、そして周りはどんな風に支えるのか。ヒロインの亜鳥と主人公の青衣が、悩みながら、それでも楽しみながら、手を取り合って歩いていく様子を応援してもらえたら嬉しいです。

余談ですが、僕の最近の良い思い出は、職場の近くに好みのつけ麺屋さんを見つけたことです。チャーシュー丼が無料でついてくるのもナイスです。もっと他に楽しいことないの？

最後に、本作を出版するにあたって、多大なお力添えを頂いた皆様に謝辞を。

まずは担当編集様。「設定がまとまらない……」と何度も相談しながらプロットを練り上げ、なんとか形にすることができました。本当にありがとうございました。

また、装画を担当頂いた、ｓｙｏ５様。初めて見たときに「綺麗すぎでは？」と溜息が出ました。青衣と亜鳥がいつか行くことを夢見ていたトンネルの水槽、描いていただいてありがとうございます。宝物です。

そして、改稿にご協力くださった中澤様、しょんぼりしがちな自分を支えてくれる作家仲間の皆さん、大事な友人や大切な家族……皆さんのお力添えのおかげで、この本はできあがりました。また美味しいお酒でも飲みましょう。

あとお酒ですね、お酒。自分にとって、リフレッシュの回復薬であり、執筆のためのガソリンでもあります。とても感謝です。あんまりあとがきでお酒に感謝するケースってないのでは。

何より、この作品をお読みいただいた皆さんに、最大限の感謝を。皆さんが楽しんでくれるからこそ、こうして作家を続けることができます。

それでは、だいぶ脱線しましたが、また次の作品でお会いしましょう。

この作品が、皆さんの記憶に残る物語になることを祈りつつ。

六畳のえる

この物語はフィクションです。実在の人物、団体等とは一切関係がありません。

六畳のえる先生へのファンレターのあて先
〒104-0031　東京都中央区京橋1-3-1　八重洲口大栄ビル7F
スターツ出版（株）書籍編集部 気付
六畳のえる先生

明日の君から、僕だけの記憶が消えても

2025年3月28日　初版第1刷発行

著　者　　六畳のえる　©Noel Rokujo 2025

発 行 人　菊地修一
デザイン　フォーマット　西村弘美
　　　　　カバー　長﨑綾（next door design）
発 行 所　スターツ出版株式会社
　　　　　〒104-0031
　　　　　東京都中央区京橋1-3-1　八重洲口大栄ビル7F
　　　　　TEL　03-6202-0386　（出版マーケティンググループ）
　　　　　TEL　050-5538-5679（書店様向けご注文専用ダイヤル）
　　　　　URL　https://starts-pub.jp/
印 刷 所　大日本印刷株式会社

Printed in Japan

ISBN　978-4-8137-1719-5　C0193